当朝阳冲出迷雾露出那可爱的脸庞
叫醒了路边静静守望着远方的胡杨

一阵阵微风把树叶吹得沙沙作响
哦 在这美好的早晨 我在想
是什么唤醒了少年对成长的渴望

那是一扇博览古今的窗
打开它
能看见中华的文明像群星
在快乐地闪耀

那是一座通向成功的桥
走过它
能发现大师的智慧像火苗
在急切地燃烧

那是一片面向未来的花海
拥抱它
才明白成长的感觉像星星
在幸福地微笑

哦 那是你多彩的世界啊
你带来了书籍的芳香

你为我们把经典传扬
你把知识的火种
播撒在青春的田野和山风

也许 那是你博大的胸襟吧
你让每一朵普通的花儿
都能在属于自己的花园里
迎着风骄傲地绽放
你让每一个平凡的生命
都能在属于自己的舞台中央
纵情歌唱

窗外吹来淡淡的花香
我愿在你编织的世界里快乐地成长
我将好好珍惜着你
就像蓝天把白云珍藏
因为那里有我的信仰
因为那里有你 见证着我的成长

三国演义
SAN GUO YAN YI

中国儿童成长大书

三国演义

SAN GUO YAN YI

【明】罗贯中

哈尔滨出版社

作者简介

罗贯中（约 1330—约 1400 年），是元末明初的小说家,戏剧家,是中国章回小说的鼻祖,名本,字贯中,号湖海散人。他的一生著作颇丰,主要作品有:剧本《赵太祖龙虎风云会》、《忠正孝子连环谏》、《三平章死哭蜚虎子》;小说《隋唐两朝志传》、《残唐五代史演义》、《三遂平妖传》、《粉妆楼》等。代表作是《三国演义》。

由于罗贯中经历了元末的社会大动乱,目睹现实的纷争,对人民苦难深重的生活处境有比较深刻的了解,对他们的理想追求也有所认识,因此,他从事小说创作的动机,一方面"无过于泄愤一时,取快四载";另一方面,也是为了改变当时话本艺术中存在的弊端,为民众、为说话艺人提供一个好的、方便的说话底本。

罗贯中在我国的文学发展史上,建立了不可磨灭的伟大功绩。尤其是《三国演义》的出现,标志着我国古代小说从"话本"阶段向长篇章回体过渡的完成,揭开了我国小说发展历史崭新的一页,同时,也为世界文学的宝库,增添了灿烂的光彩。

全书以宏大的结构描绘了三国时期复杂的政治军事斗争,起自黄巾起义,终于西晋统一。作品谴责了统治者的残暴和丑恶,反映了动乱时代人民的痛苦和对清明政治、对仁君的向往,体现了鲜明的"拥刘反曹"倾向。《三国演义》"文不甚深、言不甚俗",语言简洁明快而又生动。它把历史和文学自然结合,有现实的描绘,又充满了浪漫主义的传奇色彩。

曹操：东汉丞相，魏王。有雄才大略，善于用兵，处事果断。但为人奸诈诡秘，老谋深算，喜欢玩弄权术。信奉"宁叫我负天下人，休叫天下人负我"，后人评价其为"乱世枭雄"。

魅力指数：★★★★★

孙权：孙策之弟。十九岁继承父兄基业。天生具有帝王的威严和驾驭群臣的能力，善于发现和提拔人才。后称帝成为吴国君主，与魏蜀形成鼎足之势。曹操曾感叹"生子当如孙仲谋"。

魅力指数：★★★★★

周瑜：东吴大都督。"羽扇纶巾，谈笑间樯橹灰飞烟灭。"出身官宦世家，资质风流，文武双全，精通音律。但心胸狭窄，嫉贤妒能，被诸葛亮所气，吐血身亡。

魅力指数：★★★★★

关羽：与刘备、张飞结义，为二弟。蜀汉的"五虎上将"之首。为人十分重义，性格刚烈，武艺超群，通文史。后大意失荆州，败走麦城，被孙权所杀。

魅力指数：★★★★★

刘备

诸葛亮

刘备：汉室皇族后人。为人仁慈，爱民如子。与张飞、关羽在桃园结义。后得到诸葛亮的辅佐，建立了蜀汉政权。

魅力指数：★★★★★

诸葛亮：蜀汉丞相。有超人的智谋。未出茅庐就知天下三分。火烧博望、草船借箭，计计得胜，令人赞叹。

魅力指数：★★★★★

司马懿

张飞

司马懿：魏国后期的擎天柱。他通晓天文地理，熟知兵法，深于谋略，是诸葛亮的强劲对手，也是晋国政权的实际创始人。

魅力指数：★★★★★

张飞：与刘备、关羽结义，为三弟。蜀汉"五虎上将"之一。性格率直，勇猛无敌。智取瓦口关能看出其既有勇又有谋。后因醉打士兵，被手下杀害。

魅力指数：★★★★★

吕布：董卓赠以赤兔马收为义子，后中司徒王允之计杀死董卓。吕布长得相貌非凡，武艺超群，不过为人见利忘义，在白门楼被曹操斩杀。

魅力指数：★★★★★

黄忠：本是汉朝守城老将，有万夫莫当之勇。后归蜀，成为蜀汉的"五虎上将"之一。多次为蜀国立下汗马功劳。后在与东吴交战时中暗箭而亡。

魅力指数：★★★★★

赵云：字子龙。曹操取荆州时，刘备败于当阳长坂，他力战救护甘夫人和刘禅。建兴六年（公元228年），从诸葛亮攻关中，分兵拒曹真主力，因寡不敌众，退回汉中，次年卒。他曾以数十骑拒曹操大军，被刘备誉为"一身都是胆"。

魅力指数：★★★★★

鲁肃：东吴的著名军事统帅。他曾为孙权提出鼎足江东的战略规划，因此得到孙权的赏识，于周瑜死后代替周瑜领兵，守陆口。此后鲁肃为索取荆州而邀荆州守将关羽相见，然而却无功而返。建安二十二年，鲁肃去世，年仅46岁。

魅力指数：★★★★★

四大名著是中国古典艺术星空中最璀璨的四颗明星。

四大名著是中国文学花园里最瑰丽的四朵奇葩。

四大名著凝结着人生的智慧，蕴涵了华夏五千年的文化精髓。

中国古典四大名著——《三国演义》《水浒传》《西游记》《红楼梦》，不仅在中国古典文学宝库中占据着最为显赫的地位，在世界文林中亦代表着中华民族有史以来的文学成就。它巨大的思想价值和艺术价值对后世具有无法估量的影响。作为民族精神文化的瑰宝，四大名著经得起时代的变迁，经得起人们再三的咀嚼和回味，值得我们一代代人从中汲取精华。

当生命的脚步不再停留在原点，当生命的征程从另一个高度出发，当求知被赋予另一种意义时，生命的视野在刹那间变得开阔。看那经典名著的大潮汹涌激荡，它让生命更加充满力量，听那经典名著余韵悠长响彻云霄，它将让你体会余音绕梁般经久不息的感动。你可以轻松地走近它，然而当你离开时，心中将载满生命的积淀。它是生命的经典，它是生命的永恒，它是生命中无与伦比的美丽。

为了让孩子们从少年时期接受古典文化的熏陶，感受中华文化神奇而独特的魅力，提高古典文化的修养，增强民族自尊心和自豪感，我们这套《中国儿童成长大书》根据孩子们的特点，将中国古典四大名著进行重新编排，希望这些知识性与故事性相结合的经典名著能够伴孩子们健康快乐地成长。

孩子们，让我们一起走进经典名著的殿堂，品味不朽的中华文化，欣赏经典中的传奇！

目录

三国演义

目录

三国演义

东汉末年,汉灵帝刘宏在位,他昏庸无道,宠信宦官,朝廷上下一片乌烟瘴气。

就在民怨沸腾之际,河北巨鹿人张角同他的弟弟张宝、张梁一起发动了黄巾起义,被吓破了胆的汉灵帝慌忙诏令各地方官员招兵买马,镇压义军。谁曾想正是这一道诏令,引出了无数英雄人物从此逐鹿中原……

这天,汉灵帝的榜文发到涿县,引得众人前来围看,其中有一人极其引人注意,只见他身长七尺五寸,两耳垂肩,双手过膝,相貌端正。此人就是汉朝中山靖王的后代,姓刘,名备,字玄德。刘备自幼丧父,家道败落,十分贫穷,他幼时书读得不好,却喜欢结交英雄豪杰。此时,刘备已经二十八岁了,以卖麻鞋和织席为生。

刘备看了榜文,不由得长叹了一声,突然听到后面有一个人大声说:"大丈夫不为国家出力,叹什么气?"

刘备回头一看,原来是一个豹头环眼、满脸络腮胡子的魁梧大汉。刘备见他相貌奇特,就问他姓名。那人朗声答道:"我姓张,名飞,字翼德,以卖酒杀猪为生,喜欢结交天下的英雄好汉,刚才看你叹气,才忍不住发问。"刘备和张飞一见如故,便一起到酒店喝酒。二人正喝得高兴,忽见一个大汉,身长九尺,胡须有二尺来长,丹凤眼,卧蚕眉,面如重枣,相貌堂堂,威风凛凛。刘备心里很喜欢,便上前邀他过来同饮,又问他的姓名。那人说:"我姓关,名羽,字云长,河东解良人。因为我们那里的乡绅仗势欺人,我就把他杀了,从此流亡在外。听说这里要招募兵士,我是特地来从军的。"言谈中三人均感相见恨晚,便一起来到张飞的庄上，共同商议大事。

第二天，刘备、关羽、张飞三人便在张飞家的桃园里结拜为兄弟，刘备做了大哥，关羽是二弟，张飞为三弟。然后，张飞命人宰牛设酒，召集乡中勇士。

过了一天，张飞请来技艺高超的工匠，为兄弟三人打造兵器和铠甲，刘备打的是双股剑，关羽造了一把八十二斤重的青龙偃月刀，张飞造了一支丈八点钢矛。一切准备妥当，三人率领五百多个勇士，去投奔幽州太守刘焉。

从那以后，刘备、关羽、张飞率兵和黄巾军交战多次，而黄巾起义在各路军队的围剿下也以失败告终。朝廷论功行赏，刘备虽然立了大功，但是由于自己在朝廷里没有靠山，最后只封了一个定州安喜县县尉的小官。

大失所望的刘备、关羽和张飞一同来到安喜县上任。一天，郡里派督邮到安喜县视察。因刘备未向他行贿，第二天，督邮派人把县吏捉去了，逼他诬告县尉刘备迫

害百姓。刘备听说后多次求见督邮,却都被拒之门外。

　　那天正好张飞心情不好,又喝了几杯闷酒,骑马从馆舍前面经过时,看见五六十个老人在门前痛哭。张飞觉得很奇怪,就下马去问,老人们说:"督邮逼着县吏,要害刘县尉,我们来替刘县尉说公道话,却被打了出来。"

　　张飞大怒,双目圆睁,钢牙紧咬,推开看门人闯入馆舍。只见督邮正坐在后堂上,县吏被绑倒在地。张飞大喝一声:"害民贼,你认识我吗?"督邮还没有来得及说话,已经被张飞揪住头发,扯出馆舍。张飞将督邮绑在县衙前的马柱上,又折下柳条狠狠地抽他的双腿,一连打断了十几根柳条还未消气。

刘备正在发愁，突然听见县衙前吵吵闹闹，就问发生了什么事，旁边的人说："是张将军正绑着一个人在县衙前鞭打。"刘备吃了一惊，赶忙跑过去，看见绑的竟是督邮，忙问张飞缘故，张飞忿忿答道："这种害民贼，不打死留着干什么！"督邮见到刘备急忙哀声求饶。

刘备心地仁慈，不忍再看，便制止了张飞。这时，关羽出来说："哥哥立了这么多的功劳，才做个县尉，现在还被小小的督邮侮辱，我想这里不是我们的久留之地，不如杀了督邮，离开这里，去别的地方想办法。"

刘备觉得关羽的话有道理，就走进衙内，取出县尉大印挂在督邮脖子上，斥责说："依照你害人的罪行本来应该杀了你，今天暂且饶你一命，这印我不要了！"说完，他带着关羽、张飞投奔代州太守刘恢去了。

不久，刘备做了平原县令，整顿兵马，扩张势力。待队伍壮大之后，刘备便率领众人会同了北平的太守公孙瓒，加入到了征讨董卓的队伍当中。

公元 189 年，汉灵帝因病驾崩。汉灵帝生前宠爱皇子刘协，想立他为太子，却遭到大将军何进的反对。灵帝死后，何进一心要让自己的妹妹何皇后之子刘辩登上皇位，从而扩大自身的权势。然而此时朝廷中的另一股势力——以张让、段珪为首的宦官集团也在蠢蠢欲动，极力反对何进的主张。为了铲除异己，何进在无奈之下急召屯兵凉州的董卓带兵入京相助。

不料何进密召董卓领兵进京的事被宦官们知道了，他们狗急跳墙，决定先下手为强。宦官集体用计将何进斩杀。何进手下的将士们听说何进被杀死了，领兵冲进皇宫，见到宦官就杀，皇宫内一片混乱。张让等见事不妙，挟持着皇子刘辩和刘协连夜逃到宫外，往北一直跑到黄河边。袁绍、曹操等将领带兵杀完了宦官之后，才发现刘辩和刘协已被张让、段珪劫走,于是又急忙出宫,沿黄河追去。

另一面,董卓也带领人马直奔黄河赶去。张让、段珪在黄河边遇到追兵,自知无路可逃,投河自尽。董卓找到吓得六神无主的刘辩和刘协以及一些大臣,把他们带回了京城。

此后,自以为保驾有功的董卓在京城内肆无忌惮,目无王法。大权在握之后,他便打算把刘协立为皇帝,袁绍不服,逃出洛阳,到冀州一带发展自己的势力去了。

不久,董卓立陈留王刘协为帝,自己做了相国,并派人毒死了何太后和刘辩。

董卓有一名勇猛的武士做贴身侍卫,随时保护自己的安全。这名武士姓吕,名布,字奉先,原是荆州刺史丁原的干儿子,被董卓收买,杀死丁原并投在董卓门下,并拜董卓为义父。他武力过人,无人能敌,董卓有他保护后更是无所顾忌,任意妄为。

司徒王允宴请亲近大臣,想剿杀董卓,却苦无办法,众官急得放声大哭,骁骑校尉曹操在旁说愿献上一计。

曹操,字孟德,小名叫做阿瞒,沛国谯郡人。他从小就胸怀大志,才识不凡。曹操在二十岁的时候被举荐为孝廉,当上了北部尉,掌管洛阳城的治安。后又因镇压黄巾起义立下了战功,当上了骁骑校尉。

王允忙站起身来,恭敬地问:"孟德有什么好主意?"曹操说:"我屈身在董卓手下帮他做事,就是想找个机会除掉他。现在董卓很信任我,我经常能接近他。听说司徒有一口七星宝刀,请借给我刺杀董卓。我就是因此死了,也不悔恨!"王允听了大为感动,立即命人取出宝刀交给了曹操。

曹操领命后佩带着宝刀来到相府,径直走到小阁去见董卓,董卓此刻正坐在床上,一旁站着吕布。董卓见曹操来,便问道:"孟德今天为什么来晚了?"曹操回答道:"我那匹马不中用,所以来迟了。"董卓

想要收买曹操，便转身对吕布说："最近西凉进献了一批好马，你去挑选一匹送给孟德。"吕布答应了一声，便走了出去。

曹操心中暗喜："机会来了，董贼该死！"他正要下手，但又怕董卓力气大，所以没有轻举妄动。恰好董卓因身体肥大，不耐久坐，转过身，脸朝里面躺了下来。曹操见势，急忙把宝刀紧握在手，欲刺向董卓。不料，床的内侧安有一面大铜镜，曹操的一举一动都被董卓看在眼里。董卓见曹操手握宝刀，急忙起身问道："孟德，你想干什么？"这时吕布已经把马牵到了门外，曹操见事不妙，急中生智跪下说："我有一口宝刀，特意拿来献给丞相，请丞相笑纳。"董卓接过宝刀，见它长一尺有余，镶嵌着七颗宝石，锋利无比，的确是一件稀世之宝，于是高兴地将刀递给吕布，曹操连忙解下刀鞘也交给吕布，强作镇静，随董卓出门看马。拜谢董卓之后，曹操请求说："我想试骑一下。"董卓点头同意，曹操牵马走出相府，不敢多留一刻，纵身上马，快马加鞭向东门奔去。

这时，吕布对董卓说："刚才曹操好像打算行刺丞相，不料被丞相发现，才假装说是献刀。"董卓说："我也很怀疑这件事。"恰巧董卓的谋士李儒来了，董卓把这事告诉了他。李儒说："曹操的家眷不在京城，他只是孤身一人居住。丞相可派人去召见他，他如果很爽快地来见，就是献刀；如果不来，那就是行刺。"董卓当即派了四名狱卒去叫曹操。

许久，狱卒才回来报告说："曹操乘马从东门出去了，没有回住处，现在可能跑出几十里地了。"李儒说："曹操心虚逃跑，肯定是想行刺了。"董卓大怒说："我这般重用他，他反而想害我！"李儒说："曹操一定有同谋，应该捉住他问个明白。"董卓听了立刻下令，命各州府贴出告示：有捉住曹操的赏千金，封万户侯；有窝藏曹操的，与其同罪。

话说曹操行刺董卓失败，借口试马，侥幸逃出城外直奔谯县。这一天，曹操路过中牟县，不幸被守关军士认出，捉去送给了县令陈宫。陈宫知曹操誓杀董卓，深感敬佩，决定弃官与曹操一起逃走。

二人马不停蹄，走了三天来到成皋，天色已晚。曹操用鞭子指着树林深处对陈宫说："这里有一个人姓吕，名伯奢，是我父亲的结义兄弟，我们去他家打听一下消息，借住一晚吧！"陈宫点头同意。

两人来到庄前下马，进去与吕伯奢相见。吕伯奢热情相迎，又说："我家没有好酒，你们等一会儿，我去西村买一壶酒来。"说完，急匆匆地骑上驴走了。

曹操与陈宫久等不见人，忽听庄后传来阵阵磨刀声。曹操说："还是去探听一下。"二人偷偷地走进草堂后，恰巧听到有人说："捆住了再杀，怎么样？"曹操大怒说："果然是这样，现在不下手，一定要被捉去领赏。"于是两个人当下拔剑闯进去，不论男女见人便杀，一连杀死八口。可是当他们搜到厨房时，却看见那里正捆着一口猪。陈宫叹道："孟德太多疑了，误杀了好人！"二人急忙骑马出庄。

走了不到二里，只见吕伯奢骑驴带着酒菜迎面而来，曹操自知理亏，使计转移吕伯奢的注意力，挥起剑又把他砍死了。陈宫大吃一惊说："刚才是误会，现在杀他又是为什么？"曹操说："吕伯奢回家后看见我杀死那么多人，怎么肯罢休？如果他带人来追，我定然难以逃脱。"陈宫说："明知不对，还屈杀好人，这是大大的不义！"曹操说："宁可教我对不起天下人，也不教天下人对不起我！"陈宫听了默不作声。

夜里，二人投宿客栈。陈宫想起白天之事，决定离开曹操，连夜投奔东郡去了。

第二天，曹操醒来不见了陈宫，心里便明白是怎么回事了，于是马不停蹄地逃回了家乡。曹操到了陈留，找到父亲后，一边写信给各地诸侯，相约一起讨伐董卓，一边竖起大旗招募兵士，在村子里操练。

各路诸侯接到曹操的信后，纷纷出兵响应。一时间，渤海太守袁绍、南阳太守袁术、北平太守公孙瓒，都加入了讨伐董卓的大军。诸侯们陆续到齐，安下的营寨长达二百里。袁绍被大家一致推举为盟主，他命自己的弟弟袁术总督粮草，长沙太守孙坚为先锋，进军洛阳。

孙坚带领手下的将领来到洛阳外，包围重镇汜水关。汜水关由大将华雄镇守。华雄身长九尺，虎背熊腰，勇猛善战。他率军半夜偷袭孙坚的大营，杀死了孙坚手下的大将，把孙坚打得丢盔弃甲，落荒而逃。

袁绍听到孙坚打了败仗，非常吃惊，于是便召集各路诸侯一起商议。众将领都惧怕华雄，低头不说话，只有公孙瓒身后站着

的刘备、关羽、张飞不以为然。

正在此时，探子来报，说华雄带着人马，来寨前挑战。袁术身后的大将俞涉主动请战，谁料俞涉和华雄打了不到三个回合，就被华雄杀了。众人都大吃一惊。太守韩馥又推荐他的上将潘凤出战，潘凤手提大斧跨上马跑出阵外，可是没过一会儿，潘凤也被华雄斩于马下，众人大惊失色。袁绍叹道："可惜我的大将颜良、文丑不在这儿，但凡有一个人在，又怕什么华雄！"

话音刚落，有一个人高叫："小将愿意去斩下华雄的首级，献于将军帐下。"大家一看，原来是关羽。袁绍询问他的官职，听说只是个马弓手，大喝道："你欺负我们没有大将吗？一个小小的马弓手，也敢乱说话，给我打出去！"曹操急忙劝阻。关羽大声说道："我如果不能取胜，就请斩下我的头。"

曹操斟了一杯热酒，让关羽饮了上马。关羽却说："酒先放下，我回来再喝。"说罢，提了刀出帐，飞身上马。不久诸侯们便听见外面鼓声大作，喊声震天，一阵銮铃响过，只见关羽提着华雄人头阔步走入帐中，挥手将人头扔在地上。再看那杯斟好的酒此时还在冒着热气。诸侯们见关羽这样勇猛，都惊叹不已。

这时张飞从刘备身后转出，高声大叫："我哥哥杀了华雄，现在不杀入关去活捉董卓，还等什么！"袁术大怒道："我一个大臣还得谦让，你一个县令手下的小兵，竟敢在这里耀武扬威，都给我赶出去！"曹操又赶忙劝说了一番，最后让公孙瓒带着刘备三个人先回营寨，又暗中派人送去酒肉慰劳他们。

三国演义
SAN GUO YAN YI

23

董卓听说华雄被杀，立即和吕布统兵十五万把守虎牢关。袁绍也分出八路人马前去虎牢关迎战董卓和吕布。袁绍的人马刚扎下营寨，吕布就前来挑战。

只见吕布骑着赤兔马，手持方天画戟先来冲阵，连败几元大将，张飞挺身来战。关羽怕张飞敌不过吕布，拍马上前，舞起青龙刀和张飞一起来攻吕布，三匹马成"丁"字形展开厮杀。过了三十回合，吕布仍是勇猛难挡。刘备心中焦虑，也手持双股剑，纵马上前助战，三个人将吕布团团围住，厮杀成一团。

吕布渐渐有些招架不住，飞马逃走。

吕布战败，董卓大军丢了汜水关和虎牢关，惊慌失措的董卓忙带上汉献帝刘协仓皇西逃，将都城由洛阳迁到了长安。曹操想乘胜追击却遭到了袁绍的强烈反对。不久，诸侯内部产生矛盾，盟军成了一盘散沙，最终各诸侯带着自己的军队陆续撤出了洛阳，一场轰轰烈烈的讨贼之战就这样无疾而终了。

董卓挟持汉献帝迁都长安后，更加飞扬跋扈，残暴不仁。

大司徒王允对董卓的残暴行为恨之入骨，他左思右想，终于想出了一条除掉董卓的妙计：利用自己府中的歌伎貂蝉离间董卓和吕布父子，让他们自相残杀。

貂蝉能歌善舞、美貌绝伦，而且通情达理深明大义，愿意担此重任。

第二天，王允派人送给吕布一顶精美的金冠，吕布收到重礼，受宠若惊，当晚便到王允府中致谢。王允故意留吕布吃晚饭，酒喝到一半时，他把貂蝉叫出来为吕布斟酒献艺，并对吕布说："将军勇冠天下，举世无双，我想将小女许配给将军为妾，不知道您是否同意？"吕布正求之不得，一听这话连忙起身拜谢，貂蝉也装作高兴的样子。

过了几天，王允又把董卓请到府中，让貂蝉以歌舞助兴，董卓果然被貂蝉迷住。王允见时机成熟，便提出欲将貂蝉献给董卓，董卓听后大喜。

王允当即准备一辆小车子，派人把貂蝉送到了太师府。董卓也随后告辞回去了。王允一直把董卓送到太师府，不料在回家的路上却迎头碰见了吕布。只见吕布满脸怒气，稍有醉意，一把揪住王允的衣襟，环眼圆睁，手提宝剑，向他兴师问罪，王允便依计说是董卓让他这么做的。吕布暴跳如雷，第二天一早，他偷偷地走到董卓卧室的后窗窥视，只见貂蝉正在窗下梳头。貂蝉瞥见了吕布，却装作没看见，故意深锁双眉，做出忧愁不安的样子，还不断地用手帕擦眼泪。吕布见状心如刀割。董卓发觉吕布神色不对，心中起疑，便把吕布打发走了。

吕布心中愤恨难消，一边又想尽办法去接近貂蝉。一次，董卓入宫办事，吕布送董卓入宫后，便马上偷偷跑回太师府。他在后堂见到貂蝉，将她约到了后院中的凤仪亭，说道："我今生若不能娶你为妻，便不算是英雄！"貂蝉又一再以言语相激。

董卓在殿上发现吕布不见了，心中起疑，急忙乘车回府，果见吕布和貂蝉正在一起，正要处置两人，吕布趁机逃跑了。

董卓气呼呼地回到后堂，貂蝉却说是吕布对她图谋不轨，董卓信

三国演义

SAN GUO YAN YI

三国演义

以为真。王允看到时机成熟了，便把吕布请到家中密室用言语激他，早已对董卓恨之入骨的吕布与王允一拍即合，决定第二天趁董卓上朝时把他杀掉。

第二天，王允假托皇帝的诏令，召来董卓，董卓刚踏进皇宫，就被吕布一戟刺穿咽喉，一命呜呼了。吕布不但抢回了貂蝉，还杀了董卓全家。

董卓的部将李傕、郭汜听说董卓被杀，杀进长安。吕布战败逃跑，王允全家都被李傕、郭汜杀死。接着李傕、郭汜带兵在长安烧杀抢掠，和董卓一样残暴。

过了不久，李傕和郭汜之间产生了矛盾，两人各率大军厮杀起来，长安大乱。汉献帝逃到洛阳，他听说曹操在山东兵多将广，力量强大，就下诏书给曹操，让他到洛阳来辅佐自己。

接到皇帝的诏书后，曹操立刻率领二十万大军赶赴洛阳，打败了作乱的李傕和郭汜，并将都城迁到了许昌。从此曹操大权在握，开始"挟天子以令诸侯"，成为当时最强大的一股势力。

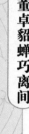

就在曹操春风得意的时候，正在徐州的刘备却遇到了一些麻烦。原来刘备曾有恩于徐州太守陶谦，于是陶谦临终前便将徐州托付给了刘备。吕布战败后来到徐州，刘备不听劝阻将他安置在附近的小沛，哪知吕布却趁刘备不在的时候占据了徐州，反倒将刘备赶去小沛。

袁术看到吕布和刘备有矛盾，就想联合吕布攻打刘备。他派人给吕布送去了许多粮食，请他按兵不动，然后派大将纪灵带领十万精兵攻打小沛。只有五千人马的刘备无法抵挡袁术的大军，只好写了一封信请求吕布支援。吕布将他们双方请到一起，说道："你们两家看在我的面子上，各自收兵吧。"纪灵一怔说："我奉命率十万大军，专门来捉拿刘备，怎么能收兵？"张飞大怒，拔出宝剑，大喝道："我们兵虽然少，难道就怕你不成？"说着便要动手，另一边纪灵也忿忿不平准备动武。吕布大怒，叫道："把我的画戟拿来！"纪灵和刘备吃了一惊，一时间都变了脸色。

吕布命令随从把画戟插在离辕门很近的地方。然后对刘备和纪灵说："辕门离中军这里有一百五十步。如果我一箭射中画戟的小枝，你们两家就都收兵；如果射不中，你们再回去厮杀。若有谁不听，其余两家就合起来攻打他。"

二人答应了，吕布弯弓搭箭，大喝一声："着！"只见那支箭不偏不倚正中画戟的小枝，帐前的小兵齐声喝彩。

吕布哈哈大笑，把弓箭扔在地上，拉着纪灵和刘备的手说："这是老天让你们两家罢兵啊！"纪灵对吕布说："将军的话我不敢不听，但是我回去后怎么向袁将军交待呢？"吕布说："我自然会写信给他。"纪

灵要了信,先回去了。刘备、关羽、张飞谢过吕布也回到了营寨。第二天,三处的军马都撤退了。

纪灵回到淮南不久,袁术就自封为皇帝。曹操听说后非常气愤,亲自率十七万大军,去寿春攻打袁术。袁术和谋士们商量以后,留下大将军李丰坚守寿春,自己则带着文武官员躲到了淮北。

曹操把寿春围困了一个多月也打不下来,军队的粮食又接济不上,为此士兵们都感到不安,毫无斗志。管粮官王垕向曹操报告了这个情况,曹操说:"可以先用小斛发粮,救了眼前之急再说。"王垕说:"用小斛发粮,军士一定要抱怨的。"曹操说:"不要担心,我有办法。"

王垕按曹操的命令,用小斛发放粮食。曹操暗地里派人到各营寨里探听,见军士们无不抱怨,于是让人悄悄把王垕找来说:"我想向你借一样东西,用它来平息众人的怨气。"王垕问:"丞相想借什么?"曹操说:"想借你的头示众。"王垕大惊,叫道:"丞相,我没有罪啊!"曹操说:"我知道你没有罪,但是不杀你,士兵们就要造反了。你放心,你死以后,你的家眷都由我来照顾。"王垕还想说话,曹操却叫来了刀斧手,把他推出门外斩首示众,之后曹操又贴出告示说:"王垕私自用小斛发放粮食,已按军法处置。"于是大家的怨气都消解了。

第二天,曹操传下号令,全力攻城,限三日内攻下寿春,并且亲自到城墙下督战。士兵们都争先恐后,奋力厮杀。很快寿春便被攻克了。

曹操正想乘势渡过淮河追赶袁术,忽然接到报告,说南阳张绣又要谋反。曹操只好回军去征伐张绣。

曹操向南阳进军，正是夏天麦熟的时候。一路上，百姓看见有军队来，都躲得远远的，没人敢去割麦子。曹操派人到远近村庄宣告："我奉天子的命令讨伐叛贼为民除害，决不骚扰百姓。凡是有人敢践踏麦田的，一律斩首。"听到公告，百姓们都欢呼雀跃，十分高兴。果然，曹操的军士经过麦田时全部下马用手扶着麦子，不敢践踏。可是正当曹操骑马经过时，忽然从麦地里惊起一只斑鸠，马受到惊吓蹿进麦田，踏坏了一大片麦子。

曹操急忙把军法官叫来，让他给自己定罪。军法官大惊说："怎么敢给丞相定罪？"曹操说："我自己制定的法规却自己破坏它，如何能让别人信服？"说着抽出剑来就要自杀，旁边的人急忙拦住。谋士郭嘉上前劝道："丞相总管大军，怎么能自杀？"曹操想了好久，说："既然这样就免去死罪，以割发代替斩首吧。"说着用剑割去头发掷在地上，然后向全军传告此事。此后军中的将士再没有敢不听将令的了。

曹操到了南阳和张绣打了两仗，城还没有攻下就接到报告，说袁绍要兴兵进犯许昌，曹操只好退兵。

　　回到许昌以后，曹操召集众将，商议攻打袁绍。谋士郭嘉说："徐州吕布，实在是我们的心腹大患。要想攻打袁绍，必须先除掉吕布；不然，我们一出兵，吕布就会乘虚来侵犯许都。"另一个谋士荀彧说："应该先派人和刘备商议好，然后再去打徐州。"

　　于是曹操写信请刘备出兵，同时自己亲率大军直奔徐州。经过几场激战，曹操和刘备攻占了徐州，吕布逃到了徐州东北的下邳。随后曹操又带大军把下邳围住。

下邳靠近泗水,吕布见有泗水作为屏障,城里粮食又充足,便放松了警惕,一心要闭城防守。陈宫此时已投靠了吕布,他对吕布说:"现在曹操兵马刚到,趁他没安好营寨,赶快出击,一定能打胜仗。"吕布听了却没当回事。

曹操围困下邳久攻不下,心里非常焦急。谋士郭嘉与荀彧给曹操献计以水淹城。曹操依计命令军士把泗水和沂水这两条河掘开。大水涌来,下邳城除东门外,其余各门都被水淹了。守城军士慌忙去报告吕布,吕布却自恃赤兔马神勇,不以为意。

吕布手下有一个将领名叫侯成,因私自造酒被吕布知道了,吕布勃然大怒,下令将其斩首。宋宪、魏续等人一起来见吕布,为侯成求情,吕布这才开恩,将侯成打了五十大板放了回去。侯成到家后,宋宪和魏续前来探望。三人决定盗走吕布的赤兔马,生擒吕布献给曹操。

侯成逃到曹操营寨,献上赤兔马,又把宋宪、魏续在城上插白旗为号,准备归降的事说

三国演义

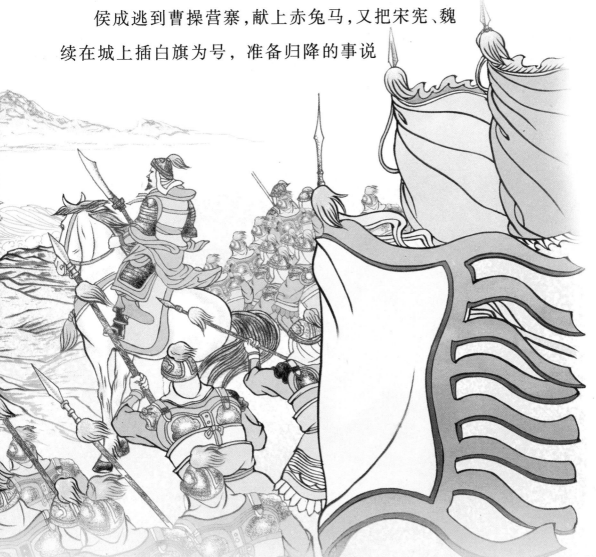

了。曹操听后,立即下令攻城。

第二天清晨,吕布听得城外喊声震天,提起画戟慌忙迎战,直至中午,曹兵稍稍后退。疲倦的吕布坐在城门楼内的椅子上休息,不觉睡着了。宋宪趁机和魏续一齐捆住了吕布,接着打开城门。夏侯渊率领大队曹军,一拥而入。吕布大将张辽被捉。陈宫在南门,也被曹操大将徐晃捉住。

曹操进了下邳,传令退去河水,又贴出告示安抚百姓,然后和刘备坐在白门楼上,命令把吕布等人带上来。

曹操问陈宫:"以前我们一起逃难时,你怎么半路走了?"陈宫说:"因为你心术不正,我才离开你。"曹操说:"我心术不正,你又为何去辅佐吕布呢?"陈宫答道:"吕布虽然缺乏智谋,却不像你那样奸险诡

诈。"曹操说:"你自以为足智多谋,今天怎么让我捉住了?"陈宫说:"只因吕布不听我的劝告,否则,是不会有今天的局面的。"曹操问:"你做了我的俘虏,还有什么话说?"陈宫大声说:"只不过一死罢了。"曹操说:"你死了,你的母亲和妻儿怎么办?"陈宫说:"用仁义治天下的人,不会杀害他人的父母子女。我母亲和妻儿的生死存亡,全凭你做主。我既然被你捉住,你杀死我好了。"

曹操有心赦免陈宫,却见陈宫已大步下楼受刑去了。曹操流着眼泪起身相送,陈宫连头也不回。曹操命人立即把陈宫的母亲、妻儿送去许都养老,陈宫听了仍不说话,只等着受刑。陈宫死了以后,曹操把他安葬在了许都。

吕布不甘心就这样死去,向曹操求情说:"丞相所担心的,只有我吕布。如今我认输了,以后您为大将,我做副手,平定天下还有什么难的?"

曹操听了,转头征求刘备的意见。刘备说:"您没见丁原、董卓的下场吗?"曹操一听这话,立即下令把吕布拉下楼去处死。吕布气得回头朝刘备叫道:"难道你忘了辕门射戟的事了吗?"

这时,只听一人高声叫道:"吕布,大丈夫死就死了,有什么好怕

的！"众人一看，原来是张辽被刀斧手押了过来。张辽，字文远，以前曾追杀曹操。曹操此时见了张辽，一手拔出宝剑，就要亲自杀了他。张辽却面不变色，稳如泰山。曹操提剑正要朝他砍去。刘备却拦住曹操说："文远是有名的大将，应该留着。"关羽也说道："我了解文远，他忠心耿直，为人重义气。我愿用性命来保他。"曹操把宝剑往地上一丢，笑着说："我也知道文远是天下的豪杰，刚才只是开个玩笑。"说着亲自给张辽解了绑，又请他在上座坐好。张辽很受感动，便投降了曹操。

　　曹操又招降了吕布的其余将领，大赏三军，然后班师回许都。路过徐州时，百姓纷纷请求把刘备留下当太守。曹操却托辞说："刘玄德功劳大，要面见皇上接受加封。"于是带着刘备一同回到都城。

三国演义 第 七 回
曹操煮酒论英雄 刘备脱身回徐州

刘备随曹操大军回到许昌,汉献帝册封刘备为左将军,又称他为刘皇叔。

曹操府中的谋士听说汉献帝拜刘备为皇叔,都很担心,便前来见曹操。曹操说:"皇上既然已经认了他做皇叔,我用天子的名义去命令他,他便得服从。何况我留他在许昌,表面看离皇上很近,其实他却在我的掌握之中,我有什么害怕的?"

另一边,刘备也在提防曹操的谋害。为了消除曹操的怀疑,他在园子里种了很多菜,并亲自浇水灌溉。

一天,刘备正在后园里浇菜,曹操手下将领许褚、张辽领着几十个人闯入园中,请他前去相府。曹操见了刘备,笑道:"听说玄德最近在家正在干大事?"刘备一惊,脸色大变。曹操握着刘备的手,一直走到后园,说道:"玄德,学种菜很不容易啊!"刘

备这才暗松了一口气,放下心来,回答说:"只是没事找点事做罢了。"曹操说:"刚才我看见这园中的梅树结着青青的梅子,突然想起去年讨伐张绣时路上缺水,将士们口渴难耐,我急中生智用鞭子随便一指说'前面有一片梅林'。将士们听了,嘴里都生出口水,就不渴了。现在看见梅林,我想要去观赏,所以请你过来在小亭聚聚。"刘备随曹操进到小亭,见桌上已经摆好了一盘青梅,一壶热酒。两个人面对面坐下,一边说话,一边饮酒。

两人喝到半醉,忽然天空布满了阴云,眼看大雨将至。曹操起身,望着远处的旋风问:"玄德知道龙的变化吗?"刘备答道:"不太清楚。"曹操说:"龙能大能小,会吞云吐雾,也可飞腾,还能潜伏在波涛之中。世上的英雄就和这龙一样。玄德你走遍四方,见多识广,你看当今谁能称得上真正的英雄呢?"

刘备听了说:"淮南袁术,兵多粮足,可以算是英雄吧?"曹操说:"袁术就好像坟墓中的枯骨,我早晚都会除掉他。"刘备说:"河北袁绍,出身名门,可算是英雄吧?"曹操笑道:"袁绍优柔寡断,干不了大事,也不算英雄。"刘备又问:"孙策年少有为,雄踞江东,可算是英雄吧?"曹操说:"孙策只是借着父亲的名气,也不算英雄。"刘备又问:"那么益州的刘璋如何呢?"曹操说:"刘璋虽然是皇室宗亲,不过是一条看门狗罢了,哪能算英雄!"刘备又问:"那张绣、张鲁、韩遂这些人呢?"曹操听了不屑一顾。

刘备摇摇头:"除了这些人,我可真的不知道了。"曹操故作神秘地说:"天下的英雄,只不过你我两个人!"刘备心中一震,手里的筷子不觉掉到了地上。这时刚好响起一声响雷,刘备借机弯下腰,拾起筷子说:"这一声雷可把我吓坏了。"曹操大笑说:"大丈夫也怕打雷吗?"于是不再怀疑刘备。

第二天,曹操又请刘备饮酒。正饮得高兴,有人来报告说:"公孙瓒被袁绍大军打败了。袁术在淮南十分残暴,军民纷纷起来造反,袁术想放弃淮南，去河北投奔袁绍。"

刘备听了，起身对曹操说："袁术如果投奔袁绍一定要经过徐州。请给我一支军队，我一定可以捉住袁术。"曹操高兴地同意了。

第二天，刘备奏明了汉献帝，曹操给了他五万人马，让朱灵、路昭随刘备一同出征。刘备挂了将军印，连夜出发，一刻也不耽误。关羽和张飞不解，问道："哥哥这次出征为什么这么匆忙？"刘备说："我这些日子就像鸟在笼中，鱼在网里。这次一走，如同鱼入大海，鸟上青天，不再受鸟笼和鱼网的束缚了。"

三国演义

SAN GUO YAN YI

三国演义

谋士郭嘉、程昱听说此事，急忙来见曹操说道："丞相这次放走了刘备，可以说是放虎归山，以后再想捉住他，就不容易了。"郭嘉说："就算不杀刘备，也不该放走他，这会留下祸患的。"曹操听了急忙派许褚带五百人前去追赶。

许褚追到刘备，下马拜见说："丞相请将军回去，有要事商议。"刘备说："我已经领了圣旨，丞相也派人随行，许将军请放心回去吧。"许褚想要阻拦，却见关羽、张飞虎视眈眈地盯着自己，无奈之下只得领兵返回。曹操无话可说，便将此事放在了一旁。

几天后，刘备率军赶到徐州大败袁术，他命朱灵、路昭回许昌报捷，自己则带着人马驻扎了下来。曹操闻听此事大怒，带大军前来攻打，不料刘备已求得袁绍相助。曹操一时间拿刘备没有办法，只得另寻对策。

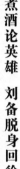

　　曹操自"挟天子以令诸侯"以来，一揽朝中大权，完全架空了年少的汉献帝。随着年岁的增长，汉献帝越来越不甘于这种被人摆布的生活。他授意车骑将军董承暗中与刘备结盟，共讨曹操。不想董承密谋泄露，反被曹操所杀，之后怒气难消的曹操又率大军直奔徐州，向刘备杀来。

　　此时，徐州正由刘备部将孙乾、糜竺、简雍把守；刘备和张飞驻守在小沛；关羽在下邳保护着刘备的家眷。曹操大军先到小沛扎寨，很快攻破了城池。城破后，刘备被曹军追赶，匆忙间逃往冀州投奔袁绍去了。张飞找不到刘备，便带几个随从军卒进了芒砀山。

　　曹操得了小沛，立即向徐州进兵。糜竺、简雍等人知道把守不住，丢下城池逃走。曹操得了徐州后采纳了程昱的计策，找来几十名徐州降兵，叫他们假意回下邳去投奔关羽。关羽以为是自己的人马，一点儿也没有怀疑。第二天，曹操派夏侯惇出战并诈败，引诱关羽从后面追赶。关羽追赶了二十多里，怕下邳失守，想要领兵回城。这时，只听一声炮响，徐晃、许褚带两队人马截住去路。关羽一看不妙，想硬闯过去，两边的伏兵见状一齐张弓搭箭，瞬时间箭如雨下。关羽过不去，只好回马和徐晃、许褚交战。一直战到天黑，关羽人困马乏，领兵在一座土山上休息。这时，土山周围已被曹兵团团围住，而下邳城中的那些诈降兵卒则打开了城门，曹操亲自率领大军杀进城中。

　　到了天亮，张辽骑马前来劝降，关羽不肯。张辽又劝道："兄长今天若是死了，就有三大罪过。"关羽听了，问道："你说说，我有哪三大罪过？"张辽说："当初玄德和您结拜兄弟时发誓要同生共死，现在玄德刚败您就战死,假如玄德回来需要您的帮助,而您却不在了,这不是违背了当年的誓言吗,这是第一桩罪过。玄德把家眷托付给您,您战死了,二位夫人依靠谁呢,您辜负了玄德的嘱托,这是第二桩罪过。您武艺出众,很有学问,不想和玄德一起干一番事业,却轻率地死掉,这不算义气,只是一种鲁莽的行为,这是第三桩罪过。"

关羽听了张辽的话,想了想说:"我有三个条件,丞相能答应,我就归降;如果不答应,我宁肯承受这三桩罪过,也要拼杀到死。"张辽连忙询问。关羽说:"第一,我曾立誓,要辅助汉朝。今天我只降大汉皇上,不降曹操。第二,要照旧发给我大哥俸禄,用做两位嫂嫂的生活费用。她们的住处,一切闲杂人都不许去。第三,我一听到大哥的消息,不管千里万里都要去寻找他。这三个条件,缺少一个也不投降。"

张辽将关羽的三个条件说给曹操听。曹操听到第三个条件时摇头说道:"云长如此记挂刘玄德,我养他何用呢?"张辽说:"刘玄德对待云长,也只是恩情重些罢了,

丞相如果对云长更好，还愁他不归服您吗？"曹操一想也对，就答应了关羽提出的三个条件。于是关羽带着两位嫂嫂跟随曹操来到许昌。

一到许昌，曹操就送给关羽一处住宅，第二天曹操大摆宴席宴请关羽，并请他坐了上座，众谋臣武士都相陪。宴会结束后，曹操又送给关羽不少金银器皿和绫罗绸缎，关羽却把这些礼物都交给了二位嫂嫂。

此后，曹操对关羽十分优待，三天一小宴，五天一大宴。一次他看见关羽的战袍旧了，就按照他的身材，用上等锦缎做了一领战袍给关羽送去。关羽接受了袍子，穿在里面，外边仍罩上刘备送的旧袍。

曹操还将吕布的赤兔马送给了关羽。关羽十分高兴，说："这匹马日行千里，有了它，一旦我打听到大哥的下落，当天就能见到他了。"曹操听了很是懊恼。

另一边，袁绍派大将颜良为先锋，率大军攻打曹操。大军先到了白马城。

曹操得到消息，率领十五万大军，迎战袁绍大军。宋宪等几员大将被颜良斩落马下，曹操只好收兵。

回到营寨，程昱保举关羽出战，并说："刘备现在一定在袁绍那里，如果让关羽去打袁绍，袁绍一气之下必会杀了刘备。刘备一死，关羽就能安心留下。"曹操大喜，连忙派人去请关羽。

关羽片刻便将颜良首级取回。众将领对他赞不绝口，曹操叹道："将军真是世上少有的英雄啊！"关羽一笑，说："我算什么，我弟弟张翼德在百万军中斩上将人头，就像探囊取物一样！"曹操大吃一惊，回头对身边的人说："今后如果遇到张翼德，千万不可轻敌。"这一战，关羽一举斩了颜良，立了大功。曹操钦佩之下，上奏朝廷，封关羽为汉寿亭侯，并给了他封印。

再说袁军这边，颜良手下的残兵逃到半路遇见袁绍，连忙报告说："颜良被一个红脸长须、使大刀的勇将杀了。"袁绍吃惊地问："这人是

谁？"谋士沮授说："一定是刘备的结义兄弟关羽。"袁绍大怒，指着刘备说："你兄弟杀了我心爱的大将，你一定是同谋，我还留着你干什么！"说着就叫刀斧手把刘备推出去斩首。刘备镇定地说道："明公只听一面之词，就不顾旧情了吗？天下长得相似的人很多，难道红脸长须的人都是我二弟吗？"袁绍为人没有主见，听了这话便责备沮授说："听了你的话，险些杀了好人。"于是仍请刘备入帐坐好，商量给颜良报仇的事。

这时，帐下的文丑早已按捺不住，请命前去交战，刘备也要求同往。袁绍很高兴，答应了他的请求。于是，文丑率领七万人先行，刘备率领三万人跟在后面。

曹操率领大军迎战文丑，但文丑非常勇猛，一连打败徐晃、张辽两员大将。正在危急之时，关羽再次赶到，将袁军击败。袁绍得知斩文丑者为关羽后愤怒异常，再次命人将刘备推出去斩首。刘备说："曹操这样做正是想借刀杀人啊！我可以派人送信给我二弟，邀他一起辅佐您。"袁绍听后大喜。然而没等刘备找到关羽，曹操就退兵回许都去了。

回到许都后曹操大摆宴席，召请文武众将给关羽庆功。席间，曹操忽然接到报告，说黄巾旧部在汝南造反，曹洪抵挡不住派人来求援。

关羽听到这个消息，向曹操请战，要去汝南破敌。曹操拨给他五万人马，又派于禁、乐进二人做副将，第二天随关羽出发。

关羽领兵来到汝南附近，安营扎寨。当夜，营外捉来两个探子。关羽一看，认出其中一人，却是孙乾。从孙乾口中，关羽得知刘备已投奔到了袁绍那里，顿时喜不自胜，迫不及待地想要去与兄长相见。不久，

他打败了黄巾旧部回到许昌，从此日日坐立不安，想着离去的方法。曹操知道关羽已有去意，便想办法留他。这日，袁绍部下陈震给关羽送来了刘备的亲笔信。

关羽见信大哭，陈震说："玄德很想念将军，将军既然没有背弃旧盟，最好能快些去见他。"关羽说："人生在天地之间，做事要有始有终，不然算不得一条好汉。我来的时候明白，走时也不能糊涂。等我见过曹操，和他辞别后，再保护两位嫂嫂去见兄长。"陈震说："如果曹操

第
九
回

汉寿侯封金挂印
美髯公过关斩将

不让将军走，怎么办呢？"关羽说："我就是死了，也不留在这里！"

关羽写了一封言辞恳切的信，让陈震带给刘备。陈震接了信，回河北去了。

陈震走后，关羽先到里院报告了嫂嫂，然后又去丞相府想向曹操告辞，不料相府门前挂着回避牌，不让任何人入内，关羽闷闷不乐地回去了。此后关羽一连去了几次，都是这样。关羽见不到曹操，心中纳闷，于是就打算去问问张辽，然而张辽却推托生病拒不见客。此时关羽再也顾不得礼数了，他叫旧日随从收拾车马，将曹操赠送的东西全部留下，把"汉寿亭侯"印挂在堂上，准备第二天就动身离开。

临行之前，关羽留下一封信给曹操，差人送到丞相府。然后他带上随从，保护着二位嫂嫂离开了许昌，往北而去。曹操和众将听了，无不感到惊讶，心里都很钦佩关羽的举动。曹操命张辽骑快马追上关羽，请他稍候，等自己亲自去给他送行。

曹操赶上关羽，说："我怎么能违背诺言，不讲信用呢？我只是怕将军路上缺少盘缠，特意送些路费过来。"说着命一位将领从马上托起一盘黄金，递给关羽，并且又送他一件新袍子。关羽怕有意外，不敢下马，用刀挑过锦袍，披在肩上，谢过曹操便纵马向北奔去。

当晚，关羽一行人来到一个村庄借宿，庄主是位老翁，名叫胡华，他对关羽说："我的小儿子叫胡班，是荥阳太守王植的部下，将军正好

45

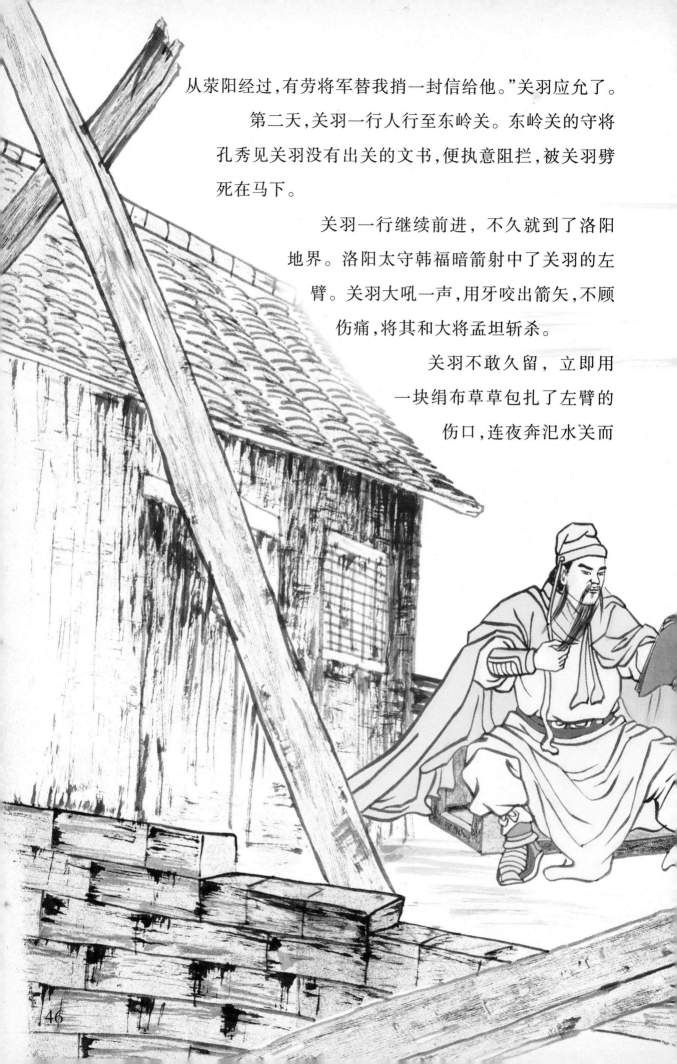

从荥阳经过，有劳将军替我捎一封信给他。"关羽应允了。

第二天，关羽一行人行至东岭关。东岭关的守将孔秀见关羽没有出关的文书，便执意阻拦，被关羽劈死在马下。

关羽一行继续前进，不久就到了洛阳地界。洛阳太守韩福暗箭射中了关羽的左臂。关羽大吼一声，用牙咬出箭矢，不顾伤痛，将其和大将孟坦斩杀。

关羽不敢久留，立即用一块绢布草草包扎了左臂的伤口，连夜奔汜水关而去。汜水关的守将名叫卞喜,他事先在房间里埋伏下刀斧手,准备趁关羽不备时下手杀死关羽。关羽到了汜水关被卞喜迎入庙中休息。关羽休息的庙里有一位和尚名叫普净,和关羽是同乡。普净有意相助,和关羽叙谈时,普净暗中指了指关羽的佩刀,示意他此处危险。关羽立刻醒悟,命令随从提着刀陪着他进去。

卞喜在庙堂上摆下了宴席准备招待关羽。关羽因为有了普净的提醒,便处处留心,果然在靠墙的帘子后面发现了埋伏的刀斧手。关羽大怒,猛然起身将刀斧手和卞喜都杀了。关羽脱险后一再感谢普净,随后护着车马继续往荥阳进发。

荥阳太守王植是洛阳太守韩福的亲家,他发誓要为韩福报仇,并想好了办法。关羽一行到达后,他出关迎接,一面请关羽进入城里的馆舍歇息,一面把手下的胡班叫到府中,命令他三更时分带领一千名兵士手持火把围住馆舍,把馆内所有的人统统烧死。胡班领命悄悄地去准备了。

天黑后,一切准备就绪,胡班悄悄潜到馆舍厅前,想看看关羽是什么模样,他早就听说关羽是位名满天下的大英雄,慕名已久,只是从未见过。这时只见关羽席地而坐,右手捋着胸前的长髯,左手拿着《春秋》,专心地浏览着,似神人一般。关羽听见门外有声音,忙出声询问,胡班回答说:"我是荥阳太守的部下胡班。"关羽一听,问道:"你可是许昌城外胡华老先生的小儿子?"胡班称是。关羽马上从行李中取出胡华的信交给他。胡班看完信后,叹了一口气说:"险些犯了大错。"接着就把王植放火烧人的阴谋全都告诉了关羽。关羽听后，大吃一惊，忙叫人请二位嫂嫂起床上车，立即离开馆舍。胡班把关羽一行送出城去，然后按原先的计划返回馆舍放火。

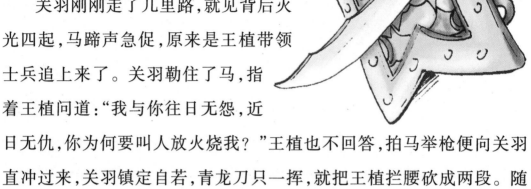

关羽刚刚走了几里路，就见背后火光四起，马蹄声急促，原来是王植带领士兵追上来了。关羽勒住了马，指着王植问道："我与你往日无怨，近日无仇，你为何要叫人放火烧我？"王植也不回答，拍马举枪便向关羽直冲过来，关羽镇定自若，青龙刀只一挥，就把王植拦腰砍成两段。随后，关羽催促手下快快赶路，心里对胡班感激不尽。

关羽等人行至滑州地界，太守刘延自知凭己之力无法阻挡关羽，便率数十人出城迎接，又放他们过了关。接着关羽又在黄河渡口杀了守将秦琪，夺得船只，渡过了黄河。

关羽自许昌出发到黄河渡口，一路连闯五处关隘，斩了六员大将，终于离开了曹操的势力范围。关羽忠勇过人，护嫂千里走单骑的佳话从此被人广为传颂。

　　关羽过五关斩六将，终于护送二位嫂嫂来到了袁绍的地界。在黄河边，关羽一行遇到已等候多时的孙乾，得知刘备此时已离开了袁绍前往汝南了。于是关羽和孙乾护着车仗直奔汝南，一路历经艰险，在卧牛山关羽又收了一员猛将——周仓。这天，关羽一行来到古城，得知张飞在此处，兄弟终于相聚。忽然，远处一队人马飞奔而来，打的正是曹军的旗号。张飞大怒，认定关羽串通曹军来捉自己，挺起丈八蛇矛朝关羽冲来。关羽急忙说："贤弟别忙，你看我斩了来将，以表我的真心。"张飞说："你如果不是骗我，等我擂完三通鼓，你就要把来将杀死。"关羽答应了。

过了一会儿，曹军赶到，为首的将领正是蔡阳。

张飞亲自擂鼓，一通鼓还没完，关羽大刀挥起，蔡阳的脑袋已经掉在地上。原来蔡阳听说关羽杀了他外甥秦琪，十分恼怒，要去河北找关羽报仇，后来被曹操拦下，派到汝南去攻刘辟，不想却在这里遇见关羽。张飞又仔细问了关羽在许昌时的情况，才不再疑心了。

正说着，刘备的部将，也是糜夫人的弟弟糜竺、糜芳赶来投奔，众人相聚甚喜。

次日，关羽让张飞留在城中保护二位嫂嫂，自己则和孙乾一起去汝南打探消息。不料到了汝南，关羽和孙乾却听说刘备去河北找袁绍了。关羽无奈，只得同孙乾向河北去寻找兄长，他又命周仓回卧牛山将自己的旧部会齐在大路等候。

　　关羽、孙乾一路风尘仆仆来到河北边界，为了少生事端，孙乾留下关羽，独自一人先到了冀州来找刘备。刘备听从过去的部下简雍的计策，准备脱身。

第二天，刘备去见袁绍，对他说："荆州的刘表兵精粮足，何不和他联合起来，一同攻打曹操？"袁绍说："我曾派人去联系过，他不同意。"刘备说："刘表和我是同宗，我去说一定会成功。"袁绍说："如果能得到刘表的帮助，攻打曹操肯定能胜利。"于是同意让刘备到荆州去一次。

刘备出来后，简雍对袁绍说："玄德这次走，恐怕别有用心，我愿意和他一起去，一则一同去说服刘表，二则监视玄德。"袁绍觉得有理，便命简雍和刘备一同出发。谋士郭图向袁绍进谏说："刘备这次和简雍一起去荆州，一定不会回来了。"袁绍不听。

刘备和关羽终于相见，两人拉着手痛哭了一场。关羽还收了义子关平。

关羽带着他们取道卧牛山回古城，在路上恰遇周仓带着受伤的几十个人回来。关羽吃了一惊，让他见过刘备，然后连忙询问，周仓说："在我到卧牛山之前已经有一员大将单枪匹马赶到，他和看守山寨的裴元绍只打了一个回合，就刺死裴元绍，抢占了山寨。我到那儿后，只有这几十个人逃来见我，其余的都不敢过来。我不服气，和那人交战，被他一连胜了几次，身上中了三枪。"刘备问："这个人长得什么模样？"周仓说："他长得十分强壮，不知叫什么名字。"

关羽听完纵马在前，刘备在后，直奔卧牛山而去。到了卧牛山，关

羽叫周仓在山下叫骂，不一会儿果然见一人披挂整齐，手持银枪，纵马跑下山来。刘备见那人浓眉大眼，身材魁梧，威风凛凛，忙把马打了一鞭迎上前去问道："来的是赵子龙吗？"那人先是一愣，随后滚下马来，在路边跪倒行礼。

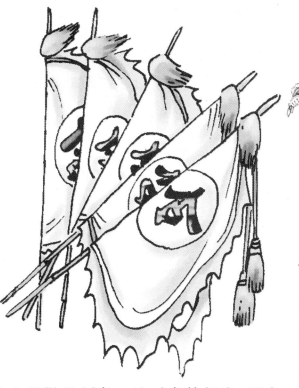

原来这人姓赵，名云，字子龙，常山真定人，本是公孙瓒的部将。从前刘备在公孙瓒那里见过赵云，心里十分喜欢他，赵云也很敬重刘备。这时意外相逢，两人都很高兴。刘备、关羽下马和赵云相见，问他怎么会到这里。赵云说："公孙瓒自以为是，不听别人的劝告，最终兵败而死。袁绍多次召我前去，但我想袁绍也不是会用人的人，所以没去。后来我想去徐州找您，又听说徐州失守，云长归顺了曹操，您去了袁绍那里。我想去见您，又怕袁绍见怪。我四处漂泊，竟找不到容身之处。上次路过这儿，刚好碰见裴元绍下山来夺我的马，我就杀了他，在这里安下身来。"刘备见赵云愿跟从自己，心中欢喜，会合了赵云的人马，一行人离开卧牛山，直奔古城。

过了几天，刘备和众人商量想放弃古城，去驻守汝南，恰好汝南的刘辟、龚都派人来请，于是刘备带着众将和四五千兵士来到汝南驻扎，招兵买马，准备攻打曹操。

袁绍见刘备真的不回来了，十分愤怒，想立即起兵讨伐。郭图劝他先联孙策，再灭曹操。袁绍听从了他的话，立即写信让陈震作为使者，去找孙策。

当时孙策被人射伤致死，孙策的弟弟孙权掌握了江东的大权。孙权长得方面大口，绿眼睛，紫头发，相貌奇特，身形高大，此时他刚安排好丧事，便听说周瑜前来奔丧。周瑜，字公瑾，足智多谋，擅长带兵。孙策生前曾嘱咐孙权："国家内部的事无法决定，可以问张昭；国家之间的事无法决定，可以问周瑜。"所以孙权十分器重周瑜。孙权见了周瑜问道："现在我继承了父兄的功业，怎么做才能守得住？"周瑜说："现在必须要找有远见的人辅佐，江东才能安定。我愿推荐一个人辅佐将军。这个人姓鲁，名肃，字子敬。子敬很有智谋，喜欢击剑骑马，他为人慷慨，又十分孝顺，请主公快去请他吧。"孙权大喜，立即命周瑜去请鲁肃前来。

周瑜请来鲁肃后，孙权十分敬重他。一天，孙权留鲁肃一同饮酒，晚上在一张床上休息。半夜，孙权问鲁肃："现在汉王室不稳定，各地都很乱，我刚刚继承了父兄的功业，您说我该怎么办？"鲁肃说："我个人认为，汉王朝不可能复兴，曹操也不可能完全铲除，将军应该占据江东，静待良机。现在趁北方大乱，可以先铲除黄祖，讨伐刘表，据守长江流域，然后称帝，再一统天下。"

鲁肃又将南阳的诸葛瑾推荐给孙权，诸葛瑾劝孙权不要和袁绍结盟，可以先归顺曹操，然后找机会扩大势力。孙权觉得他们的话很有道理，便打发陈震回绝袁绍。

恰在这时，曹操传令封孙权为将军，兼领会稽太守。

袁绍听后深感不安，担心他们两股势力联合起来对自己不利，一怒之下发兵七十万直扑许昌。谋士田丰听了认为现在出兵很难取胜，便苦劝袁绍，然而袁绍却听信了谋士逢纪的话率军迎战，并将田丰押入了大牢。

　　袁绍率大军浩浩荡荡来到阳武。沮授建议说："我军人数虽然多，却不如曹军勇猛；曹军虽然精锐，粮草却不如我军充足。曹军缺粮，速战对他们有利；我军粮多，适合持久作战。如果我们能把曹军拖住，时间一长，他们不战自败。"

　　袁绍听了勃然大怒，斥责沮授扰乱军心，把他押入了狱中，随后下令安营。袁绍七十万大军，安下的营寨足有九十多里地长，声势惊人。官渡守将夏侯惇大惊失色，向许都发出告急文书。曹操得到消息，留下荀彧守许都，亲自带领七万人马前来迎战。

　　到了官渡，曹操召集众谋士，商议作战计划。荀攸建议速战速决。曹操同意荀攸的意见，于是传下号令，擂响战鼓向袁绍阵地进攻。

　　第一战，曹操战败。

　　袁绍得胜回来，审配又献计说："曹操退守官渡，一时不容易攻破。可派十万士兵围住曹军，然后在他们寨前筑起土山，让我军站在山上，朝下边的曹军射箭。曹军受不住，就会撤出官渡，那时我们去攻许昌就很容易了。"

　　袁绍依计行事，曹军果然大乱。

　　曹操见军心不稳，急忙请众谋士商议对策。刘晔说："可造发石车来破他。"曹操便叫工匠连夜造好百辆发石车分设在营内，正对着袁军的土山。次日，当袁军射箭时，曹军就拽动石车，炮石腾空飞起，向上乱打。袁军弓箭手没处躲藏，死伤惨重，从此再也不敢登高射箭了。

　　曹操在官渡守了近两个月，粮草所剩无几。他想退回许昌，又拿不定主意，便写了一封信，派人送到许昌，征求荀彧的意见。荀彧回信给

曹操，劝他坚守下去。他说袁绍虽然军队人数多，但却不会用人，不久内部就会出现矛盾。曹操见了荀彧的信，决心坚守下去。

一天，徐晃部将史涣出营巡逻时捉住一个袁军探子，将他押来见徐晃。经过审问，徐晃得知袁军大将韩猛回去押运粮草，一两天内就会到。他把这个情况报告给了曹操，荀彧说："韩猛是个有勇无谋的人。如果派一名大将带几千名骑兵，从半路伏击，截断他的粮草，袁军自然就溃败了。"

于是，曹操依计行事，将袁绍几千辆粮车都烧毁了。

袁绍在营中望见北方起火，心中惊疑。正要派人去察看，便有押粮军卒逃回来报告说粮车已被曹军劫了。袁绍急忙派张郃、高览去路上堵截曹军。两人率领人马走了一程，正遇徐晃、史涣烧粮回来，张、高二人刚要拦住厮杀，不料背后张辽、许褚带接应人马赶到。曹军两边夹攻，把袁军杀得大败。

韩猛领着残兵败卒回来见袁绍，袁绍大怒之下要杀韩猛，被众将劝住。袁绍叫来审配命令道："你这就回邺郡去督运粮草，一定要做好充分准备。"审配走后，袁绍派大将淳于琼带两万人马去驻守乌巢。淳于琼性子暴躁，喜欢喝酒，士兵都怕他。他到了乌巢以后，便整天和手下将领一起饮酒。

许攸，字子远，是曹操年轻时的朋友，这时在袁绍身旁当谋士。他向袁绍献计不成，又被审配诬陷，便投奔了曹操。

曹操此时刚解了衣服要休息,听说许攸来了,满心欢喜,来不及穿戴便光着脚板跑出来迎接。

许攸向曹操问道:"您还有多少军粮?"曹操说:"可用一年。"许攸笑道:"没那么多吧。"曹操说:"可吃半年。"许攸听了一甩衣袖,站起身子就往帐外走,说:"我诚心诚意来投奔你,而你却这样哄骗我,我真是没想到啊。"

曹操急忙留住许攸说:"实话告诉你,军中还有三个月的粮草。"许攸哈哈大笑说:"人们都说孟德奸诈,果真不假。"曹操也笑着说:"不是有'兵不厌诈'这句话吗?"于是贴着许攸的耳朵说:"军中粮食只够维持到月底了。"许攸大声说:"不要瞒我了,你已经没粮了!"曹操一愣,问道:"你怎么知道?"

许攸拿出曹操给荀彧的信递给曹操,把抓住送信人的事都说了。曹操拉住许攸的手说:"既然你把我当成朋友来投奔我,那么有什么破敌办法,就请告诉我吧。"

许攸说:"你用孤军来抵抗强敌,却不想办法快速取胜,最后只能遭到惨败。我有一个计策,三天之内,定叫袁绍七十万大军不攻自破。孟德想听吗？"曹操高兴地说："请您快说吧！"许攸说："袁绍的粮草物资都囤积在乌巢，现在由淳于琼把守。这个人只知道饮酒，不会有防备。你可选派精兵，假扮袁军到那儿去护粮，趁他不备焚烧粮草，这样一来，袁军不过三天必会大乱。"曹操听了十分欢喜，热情款待许攸，把他留在自己寨中。

第二天,曹操亲自挑选五千士兵,前去乌巢劫粮。部署好后,他便率领兵士打着袁军的旗号,背着柴禾,悄悄地向乌巢进发。

沮授深知乌巢是屯粮的重地,提醒袁绍小心,袁绍不听。

这边曹操带着人马,连夜赶到袁绍营寨,将袁军粮草全部烧着。几个兵士又押着淳于琼来见曹操,曹操叫人割掉他的耳朵、鼻子和手指,绑到马上,再放他回到袁绍的营中,去羞辱袁绍。

袁绍在营帐中听到报告说正北方向火光冲天,知道是乌巢出事,大惊之下采纳了郭图的计策,决定偷袭曹营来解乌巢之急。大将张郃推测曹操必定已算到此计,事先会在营内埋下伏兵,因此极力劝阻袁

绍，然而袁绍却固执己见，没有听张郃的劝告。

曹操杀散了淳于琼的士兵，夺了不少旗帜和衣服盔甲，让自己的人马装扮成淳于琼的败军往回走。在一条山路上，曹军正好遇上蒋奇的军马。蒋奇措手不及，被张辽斩于马下。曹操又派人去袁军营中假报说："蒋奇已经杀散乌巢的曹军了。"袁绍听了放下心来，不再派人马去接应乌巢。

这边张郃、高览率兵来到曹营，刚进营寨只听一声大喊，埋伏在左边的夏侯惇、右边的曹仁和中路的曹洪一起冲出来，三面夹攻，袁军大败。袁绍派的接应队伍赶到时，恰逢曹操的人马回营，后路被截住。这四路人马将袁军四下里围住，张郃、高览一见不好，杀开一条路逃走了。

乌巢的残兵败将保护淳于琼回到袁军大营，袁绍见淳于琼的耳朵、鼻子都没了，非常气恼，喝道："你还有什么脸回来见我！"说罢下令把淳于琼斩了。

郭图见事不妙，想推卸责任，便在袁绍面前诬陷张郃、高览，又先让人提前去告诉二人说："主公要杀你们呢。"等到袁绍的使者来时，高览拔剑杀了使者，对张郃说："袁绍听信谗言，必败无疑，我们怎么能坐着等死，不如去投奔曹操。"张郃说："我也早就有这个想法了。"于是二人带着人马，来到曹操军营中投降。夏侯惇听说二人来投，心中起疑，对曹操说："张、高二人来投降，不知是真是假。"曹操说："我厚待他们，他们即使不是真心来降，将来也会变的。"忙叫手下打开营门，请二人进来。

张郃、高览见了曹操，脱下盔甲、扔掉兵器，拜倒在地上。曹操说："袁绍如果听从二位的话，就不会失败了。今天二位将军肯来相投，就像当年韩信投奔汉王一样啊。"于是封张郃为偏将军、都亭侯，高览为偏将军、东莱侯，二人对曹操感激不尽。

这时，许攸来见曹操，劝他趁袁军军心不稳尽快出兵，去攻袁绍。在张郃和高览的要求下，曹操让他们做了先锋。这天半夜，张郃、高

劫乌巢孟德烧粮　围曹营沮授被杀

览带领人马杀进袁绍大营，一直战到天亮才收兵回来，袁绍官兵死伤惨重。

许攸又向曹操献计道："丞相可以派人向外透露消息，说我们要兵分两路，一路攻打邺郡，一路阻断袁兵退路。袁绍听说，一定会派兵去救，我们可以等他的大军移动的时候趁机进攻，必能大获全胜。"曹操依计命令士兵们到处散布这个消息。

袁绍听说了大吃一惊，急忙派袁谭带兵五万去救邺郡，派辛明带兵五万去救黎阳，连夜出发。曹操探听到袁绍的军队开始移动，便把大军分为八路，全力以赴向袁营冲去。袁军此时人心惶惶，毫无抵抗能力，兵士纷纷四散逃走。袁绍来不及披上盔甲，穿着单衣上马就逃，小儿子袁尚跟在后面。张辽、许褚、徐晃、于禁四员大将带兵追赶，缴获了不少袁绍仓皇逃跑时抛弃的东西，凯旋而归。

官渡之战，袁绍损失了八万多人，战场上血流成河，掉进黄河淹死的人不计其数。曹操大获全胜，把缴获的金银绸缎论功行赏分给了士兵。有人找到了许昌和曹军中的人与袁绍来往的书信，有人说："应该把私自勾结袁绍的人都捉来杀了。"曹操说："袁绍势力强大的时候，连我都不能自保，何况别人？"于是命人把书信都烧了，不再过问。

袁绍兵败而逃时，沮授仍被囚在牢里，得胜的曹兵便将沮授捉住送去见了曹操。沮授被绑着押到曹操面前仍从容镇定，昂首面向曹操大喊："沮授决不投降！"曹操爱惜沮授的才华，一心想将他收为己用，于是热情地款待了沮授并把他留在军中。哪知沮授却暗中偷马想跑回袁绍身边，曹操大怒，下令杀了沮授。曹操敬重沮授的人品，又命人在黄河渡口厚葬了沮授，并亲笔题下了"忠烈沮君之墓"几个大字。

三国演义

SAN GUO YAN YI

袁绍在官渡一战惨败后,带着八百多兵士逃过了黄河,一边向冀州退去,一边沿途招集走散的残兵败将。一路行来,对比来时七十万大军的浩荡声势,袁绍心中无限凄凉,又想到出征前田丰的劝谏,袁绍更感到无颜面对还关在狱中的田丰。

逢纪料到袁绍的心思,趁机诋毁田丰说:"田丰在狱中听说您战败,高兴得拍着手大笑,说:'果然不出我的预料!'"袁绍一听恼羞成怒说:"他竟敢取笑我,我非杀了他不可!"于是叫人带着宝剑,先到冀州牢房去杀田丰。

冀州的狱吏得到袁绍战败的消息，来见田丰给他贺喜。田丰问："我有什么喜可贺？"狱吏说："袁将军打了败仗，先生这回一定要被重用了。"田丰笑笑说："我就要死了。"狱吏惊奇地问："人人都为先生高兴，先生怎么说起死来呢？"田丰说："袁将军表面对人宽厚，心地却很狭窄。他如果打了胜仗，心里高兴，也许能宽赦我；如今战败回来，脸上羞愧，我还能活得成吗？"

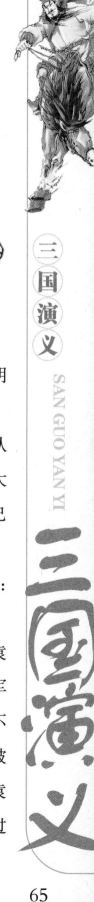

狱吏仍不相信，然而第二天一早，袁绍派来的使者便手拿宝剑来到狱中，传令要处死田丰。狱吏们听了，都为田丰惋惜不已。田丰说："大丈夫在世却没有选对明主，这都怪我自己没有眼力啊！"说完，拿起宝剑自刎了。

袁绍回到冀州后，他的大儿子袁谭、二儿子袁熙、外甥高干分别从青州、幽州、并州带领人马前来助战。这样，袁绍又汇集了二三十万大军，他抖擞精神，带领人马来到仓亭安下营寨，而此时曹操的大军也已到了仓亭。

第二天，两军各自摆开阵势。曹操领着众将军来到阵前，对袁绍说："本初，你已计穷力竭，还不投降吗？等刀放到脖子上，后悔就晚了！"

袁绍大怒，回头问道："谁敢出战？"他的小儿子袁尚想在父亲面前逞能，舞起双刀，飞马跑出阵来。曹军中徐晃的部将史涣见了，挺枪出马迎战。交手不过三回合，袁尚拨马就跑。史涣紧追不舍，被袁尚拈弓搭箭射中左眼，掉下马来摔死了。袁绍见儿子得胜，把鞭子一挥，大队人马冲了过去。两军混战一场，没分出输赢，各自收兵。

65

　　回到营寨，曹操和众将商量破敌之法，程昱献了个"十面埋伏计"，建议曹操事先埋伏好十队人马，然后把袁绍诱到黄河边上，阻断了兵士的退路再进行反击。曹操觉得这个主意不错，就把人马分成左右各五队，召来诸位将领，细细安排了一番。

　　第二天，十队人马，都先去埋伏好了。半夜里，许褚受命领兵假装去劫袁军营寨。袁军五队大寨人马立时一起来迎战。许褚按照曹操的吩咐，带上队伍回身就跑。袁绍领着大军，从后边掩杀而来。天亮时，已追到了黄河岸边。

　　这时，曹军已经没有退路，曹操向将士们大声喊道："我们已经没有退路了，再不拼死迎战，性命不保！"曹军听到喊声，都以一当十，疯狂地上前厮杀。许褚一马当先，连杀了十几名袁将。

　　在曹军的反击下，袁军大乱，袁绍急忙撤退。正走着，只听一声鼓响，夏侯渊和高览两支队伍从左右分别杀过来。袁绍领着三个儿子和一个外甥奋力杀敌，终于冲出一条血路。走不到十里，左边乐进，右边于禁，领兵杀过来，只杀得袁军尸横遍野，溃不成军。袁绍再次拼命突围出去。

　　又走不到十里，左边李典，右边徐晃，又从两边杀出来，将袁绍残军截杀了一阵。袁绍父子胆战心惊,逃到一座旧营寨里。军士们安好锅灶把饭做好,正准备吃时,张辽和张郃率兵从左右两边冲杀过来。袁绍慌忙上马,往前逃跑。跑了一程,袁军人困马乏正想休息,又有夏侯惇、曹洪从两旁杀了出来。袁绍和手下的残兵拼命抵抗,才逃出重围。

　　袁绍打马逃到一个山坡下边停下,回头望去,见身边就只剩了几十个人,二儿子袁熙和外甥高干还都受了伤。袁绍急火攻心,眼前一黑跌下马来,口中不住地吐着鲜血,众人急忙上前抢救。过了一会儿,袁绍苏醒过来,叹着气说:"我自从征战以来,从没像今天这样狼狈过! 你们都各自回驻地招兵买马,我们一定要再和曹贼拼个你死我活!"袁绍把袁谭、袁熙和高干打发走后,自己带着袁尚回冀州养病去了。

　　曹操得胜后重赏三军,众将建议一鼓作气攻打冀州。曹操说:"冀州地广粮足,大将审配又很有智谋,一时恐怕难以打下来。还是等到秋后我们有了粮食再来攻打吧。"正议论间,荀彧的书信送到,说刘备从汝南乘虚来袭击许昌。曹操吃了一惊,留下曹洪驻守黄河岸边,自己带领大军,赶往汝南迎战刘备。

曹操与袁绍在官渡大战的时候,刘备趁机发兵袭击许昌。

刘备军队走到穰山正遇上前来阻截的曹军。可曹军早已人困马乏抵挡不住,大败而走。刘备得胜回营。

不料,曹军偷袭了龚都的运粮队,刘备吃了一惊,忙命张飞前去解救。这时又有人报告说夏侯惇带领人马从后面直奔汝南杀来,刘备大急,忙派关羽前去救援。

没过一天,又有人飞马来报说关羽、张飞皆被围困。刘备便趁夜撤退,好容易挨到天亮,却见这时从小路侧面又冲出一队人马。刘备大惊,细看才发现是刘辟带领一千多败兵护送自己的家眷赶来。不久,孙乾、简雍、糜芳也赶到，大略给刘备讲了失汝南的经过，之后

护着刘备又向前行去。

没走多远，正遇上张郃和高览前后夹击。刘备见无路可逃，仰天长叹拔出剑想要自刎，刘辟赶忙上前一把拦住，说道："皇叔先走，我来替您挡住曹兵。"说完挺枪向高览冲去。不到一个回合，刘辟便被高览斩于马下。

危急时刻，赵云赶到，杀散曹军，护着刘备冲出包围，恰好这时关羽、关平、周仓也带着人马赶来了。

刘备又派关羽去找回了张飞。原来张飞去救龚都时，龚都已经被夏侯渊杀了，张飞奋力杀退了夏侯渊却被乐进的人马围住，幸亏关羽及时赶到杀退了乐进，带张飞一同回来。

这一仗下来，刘备败军不满一千，十分狼狈。军队在汉江边安下营后，刘备十

分沮丧。

孙乾思索了一阵,提议去荆州投奔刘表,由自己先行做说客说服刘表。刘备大喜,命孙乾连夜赶往荆州。

孙乾到荆州见到刘表。刘表问:"您不是跟随玄德吗,怎么会到这里?"孙乾说:"刘玄德是当世的英雄,虽然兵少将寡,却尽力扶助汉室。汝南的刘辟、龚都和他非亲非故,都愿意辅佐他。现在刘玄德刚刚打了败仗,想要投奔孙权,我劝他说:'荆州刘将军礼贤下士,人们投奔他就像水向东流一样,何况你们还是同家,何不投奔他呢?'因此玄德让我先来见您。"

刘表大喜说:"刘备算得上是我的弟弟,我早就想见他,可惜一直没机会,他如果肯来那再好不过了。"刘表的手下蔡瑁进谗言说:"刘备先跟从吕布,后来又跟着曹操、袁绍,可见他是怎样的人。如果接纳了他,曹操一定会来攻打我们。不如斩了孙乾的首级送给曹操,曹操一定会对我们心存感激。"

孙乾沉下脸说:"我孙乾不是怕死的人。刘玄德忠心为国,怎能与吕布、曹操、袁绍等人相比?以前是不得已才跟着他们,现在听说刘将军是汉王室的宗亲特意来投奔,你怎么能说这种话呢?"刘表听了,斥责蔡瑁说:"我主意已定,你休要多嘴。"接着命孙乾先去报告刘备,自己出城三十里亲自迎接。刘备见了刘表,谦恭有礼,刘表很喜欢刘备,特意拨出宅院让他们居住。

曹操听说刘备投奔了刘表,就想带兵前去攻打,被程昱劝住,于是决定先回许都养精蓄锐,再伺机出兵。

第二年春天,曹操先派夏侯惇、满宠镇守汝南以抗拒刘表,又留曹仁、荀彧镇守许都,自己统帅大军前往官渡。

袁绍此时久病初愈,召集众官员商议攻打许昌。正在商议时,忽然有人报告说曹操进军官渡,来攻冀州。袁尚请命带兵迎敌,袁绍同意了,命人通知袁谭、袁熙和高干,合成四路大军一同抵抗曹操。

三国演义

SAN GUO YAN YI

袁尚杀了史涣后一直很自负,不等袁谭等人的兵马赶到,便先带领几万人马出了黎阳,正好遇到曹军的前队。张辽一马当先,袁尚挺枪迎战。不到三个回合,袁尚招架不住,大败而逃。张辽乘势追杀,袁尚急忙带军逃回冀州。袁绍听说袁尚战败,又受了一惊,旧病复发,没过多久,他大叫一声,吐了几口血,就死了。

袁绍死后,为了争夺继承权,袁氏的几个兄弟间产生了矛盾,军心涣散。最终袁谭死在曹洪刀下,高干被部下所杀,袁尚、袁熙也被辽东太守杀死。就这样,袁绍苦心经营的河北全部落入了曹操手中,曹操完成了统一北方的大业。

为了纪念这次胜利,曹操决定在漳河边上建造一座铜雀台。他留下大儿子曹丕和三儿子曹植负责造台,自己率领人马高奏凯歌,回许昌去了。

　　刘备投奔了刘表之后,刘表对他十分优厚,二人情同手足。一天,二人正聚在一起饮酒,忽然探马来报,说张武、陈孙在江夏造反。刘表闻听要派兵镇压,刘备见状主动请战。只一仗就杀死了张武、陈孙,平定了叛乱。张武骑的千里马也被赵云夺过来,献给了刘备。刘备将其转赠于刘表。

　　刘表手下谋士蒯越说这马眼睛下面有泪槽,额头上边长白点,名叫"的卢",骑它的人都要受到妨害。刘表又将马还给了刘备,刘备也听了传言,但不以为然。

　　刘表听信夫人蔡氏的话,对刘备起了疑心,将其派往新野。

　　刘备到新野以后,百姓都很高兴。建安十二年春天,甘夫人生了一个男孩儿。刘备满心欢喜,给这孩子起个大名叫刘禅,乳名唤做阿斗。

　　有一次,刘备到荆州去看刘表,刘表提到不知该立长子刘琦为嗣,还是立蔡氏所生的刘琮,又说蔡氏家族的人都在荆州为官,掌握着军权,恐怕会发生内乱。刘备说不可废长立幼,至于蔡氏家族,可以慢慢地削弱,夺回权势。

　　不料,这一切都被蔡夫人偷听到了。刘备回去后,蔡夫人便向刘表进谗言,又暗地里召来蔡瑁商议,蔡瑁杀刘备不成,就在墙上写了一首反诗诬陷刘备。

　　刘表看了诗大怒,但随后又猜到是有人故意诬陷刘备,便将此事作罢。蔡氏姐弟见一计不成,又生一计,他们将刘备请至襄阳赴宴,并在东南北三门设兵把守,而西门因为有檀溪挡着没有派兵。

　　酒过三巡,谋士伊籍与刘备交好,便假装给刘备敬酒,借机低声

说："请去一下茅房。"刘备明白，忙站起来走了出去。伊籍来到后园找到刘备，小声说："蔡瑁设计害您，城外东、南、北三处都有人把守，唯有西门可以走，您快点儿跑吧！"刘备大惊，忙谢过伊籍，飞身上马，向西狂奔而去。西门守门官拦不住刘备，立即报告了蔡瑁，气急败坏的蔡瑁带领五百骑兵随后追来。

刘备闯出西门，走了几里路便被面前一条大溪拦住去路。那檀溪水宽丈许，波涛汹涌。刘备到了溪边走投无路，心中大急。此时身后尘烟滚滚，追兵将至，刘备一提缰绳，纵马跳入溪中。走了没几步，的卢马的前蹄忽然陷了进去。刘备朝马使劲打了一鞭，长叹："的卢啊的卢，你今天真的要妨害我吗？"刚说完，那匹马忽然从水中跳出来，一跃三丈高

飞上西岸,刘备忙拍马向西南方跑了。

刘备骑马跃过檀溪,得遇世外高人水镜先生。

水镜先生早知刘备其人,便告诉他,卧龙、凤雏两个人只要得到一人辅助,就可以安定天下了。刘备想再问,水镜先生却不说了。次日,赵云带人赶到,刘备大喜。

刘备告别了水镜先生,和赵云一起上马直奔新野。半途中,又遇到出来寻找他的关羽、张飞。众人回到了新野,这日,刘备途经闹市,忽见一人头戴葛巾,身穿布袍,边唱边走。歌的大意是:山谷里有贤才想投奔明主,明主想求贤才,却不知道我就是贤才。

刘备听到歌声,心里想:"莫非这就是水镜先生口中的卧龙、凤雏?"于是下马和这人相见,请他来到县衙。刘备问这个人的姓名,他说:"我是颍川人,姓单,名福。听说使君想要招纳贤才,特意前来投奔。"刘备很高兴,恭敬地接待了他。

单福说:"刚才使君骑的马请让我再看一眼。"刘备于是让人牵来马。单福看了看说:"这马不是的卢吗?它虽然是千里马,但是对主人有妨害,不能骑啊!不过我倒有一个办法,可以消除灾祸。"刘备说:"先生有什么办法?"单福说:"您憎恨谁,便可以将马送给他,等妨害过他之后您再骑这匹马,自然就没事了。"刘备听了板起了面孔说道:"先生刚到这里就教我做损人利己的事,我实在不敢听。"单福笑着道歉说:"以前听说将军仁德,我不敢轻易相信,所以才拿这话试探试探。"刘备说:"我刘备哪有什么仁德,还要请先生教教我。"单福说:"我从颍川过来,听到百姓唱'新野牧,刘皇叔。自到此,民丰足。'可见使君的仁德啊。"于是刘备将单福拜为军师,由他训练本部人马。

第十六回

单福报主破曹军 徐庶走马荐诸葛

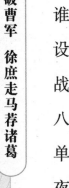

曹操平定河北、统一北方后，回到许昌，他雄心不减，把目光移向了荆州。他特意派了曹仁、李典和河北降将吕旷、吕翔率领三万大军驻守在樊城，探听虚实。

吕旷、吕翔请求出战讨伐刘备，谁知初战便被单福设计击溃，二人也战死了。曹仁摆下八门金锁阵，又被单福所破，只得趁夜去袭营。

谁知单福早有准备，曹仁狼狈逃至樊城，樊城早已被关羽所占，只好连夜赶回许昌去见曹操。在回去的路上，曹仁才打听到刘备新得了一名军师，这几次交战都是他在背后谋划的。

曹仁逃跑以后，刘备率领兵马进入樊城。樊城县令刘泌也是汉朝皇帝的宗亲，他把刘备请到自己家里，设宴招待。饮酒中间，刘备见刘泌的外甥寇封长得魁梧英俊，心

里很喜欢,便把他收做养子,又为他改名刘封,并将刘封带回县衙。

不久,刘备和单福商量后,留给赵云一千军士驻守樊城,自己带着大军返回新野去了。

曹仁回到许昌向曹操请罪,并将刘备的军师单福破阵法、取樊城的事详细说给了曹操。程昱告诉曹操,单福就是颍川的徐庶,字元直。

曹操爱才,想要为己所用。程昱说:"徐庶为人非常孝顺。他幼年时,父亲就死了,如今家里只有老母亲还在世。丞相可以让人把徐母带到许昌,让她写信召儿子来,那么徐庶一定会来的。"

不料徐母刚直聪慧,一口拒绝了曹操的请求。于是程昱只好模仿她的字体,写了一封家信给徐庶。

徐庶看完信,泪流不止,拿着信去见刘备,向他说明了身份。刘备体谅他的孝道,亲自给徐庶送行。徐庶十分感动,临走时让刘备到隆中的卧龙岗去请诸葛亮,他正是水镜先生所说的"卧龙",刘备大喜,准备了一些礼物,打算和关羽、张飞一起去南

阳请诸葛亮。

这天刘备正安排礼物，准备到隆中去拜见诸葛亮，忽然有人报告，水镜先生来访。刘备立刻整装出门迎接。水镜先生见到刘备说："听说徐元直在这里，我特意来见见他。"刘备说："前些日子曹操囚禁了徐老夫人，徐老夫人派人送信叫元直回许昌去了。"

水镜先生吃惊地说："中了曹操的计了！徐母重气节，即使被曹操囚禁也一定不会写信召回徐庶。这信一定是假的，元直不去，他的母亲还能活着；元直去了，徐母一定会认为他投奔曹操是一种耻辱，羞于再活下去。"果然，徐母在曹营见到了匆匆赶来的徐庶又惊又怒，大骂了徐庶一番后竟愤然自缢而死，徐庶此时悲痛万分，后悔莫及。

刘备听了水镜先生的话后嗟叹不已，过了一会儿，刘备问道："元直临走的时候推荐了南阳诸葛亮，这个人怎么样？"水镜先生说："元直要走就走，为什么要惹他出来？"刘备问："先生怎么会这样说？"水镜先生说："孔明与博陵崔州平、颍川石广元、汝南孟公威和徐元直四个人是好朋友。这四个人都很有才干，但孔明的眼光要比他们远大得多。孔明曾经指着崔州平等四个人说：'你们若做官可以做到刺史、郡守。'大家问孔明的志向是什么，他却笑着不说话。他常常把自己比做管仲、乐毅，此人才能不可限量啊。"

三国演义

SAN GUO YAN YI

三国演义

关羽在旁边说："我听说管仲、乐毅是春秋战国时的名人，孔明自比这两个人，不是太过分了吗？"水镜先生笑着说："依我看，他应当比做另外两个人。"关羽说："哪两个人？"水镜先生说："周代的姜子牙，汉代的张子房。"

水镜先生说完起身告辞，刘备挽留不住，一路相送。水镜先生仰天大笑说："卧龙虽然遇到贤德的主人，可惜不得其时啊。"说完飘然而去，刘备叹息道："真是隐居的贤士啊。"

三国演义

第 十 七 回

刘玄德三顾茅庐　诸葛亮隆中决策

　　第二天，天刚微微亮，刘备便起身穿戴整齐，命人准备马匹、礼物，前去拜访"卧龙"诸葛亮。谁知乘兴而去，却败兴而返，诸葛亮并不在家。

　　刘备回到新野后，每天都派人去卧龙岗打听消息，这一天派出去的人回来报告说诸葛亮已经回家了。刘备听后高兴万分，立即让人备马，不敢有丝毫耽搁。兄弟三人冒着大雪，终于又来到了卧龙山庄，不料再次赶上诸葛亮外出云游，只有他的弟弟诸葛均在家。

　　刘备叹气道："我们的缘分就这么浅吗，两次都没遇到先生。"张飞脾气火爆，听了气恼地说："什么贤人。我看他分明是在躲着不想见你！"刘备斥责说："不可无礼！"张飞又说："走走走，还是回去吧！"刘备心有不甘，于是取纸笔给诸葛亮留下一封信才告辞离去。三人刚出门，只听童子喊道："老先生来啦！"刘备一惊以为是诸葛亮，忙上前拜见，诸葛均说："他不是我哥哥，而是我哥哥的岳父黄承彦。"刘备不觉又一次失望，闷闷不乐地告别了诸葛均、黄承彦，离开了卧龙岗。

两次寻访诸葛亮不成，刘备却丝毫没有放弃，新年刚过，他便又挑了个好日子，准备再去卧龙岗请诸葛亮。关羽和张飞劝阻不住，只得一同前往。这一次，他们先在卧龙岗遇到了诸葛均，得知诸葛亮正在家中，刘备立刻快马加鞭，一到庄前便迫不及待地敲起门来。诸葛亮的童子赶忙出来开门，对他们说道："先生正在午睡呢，请小声些。"刘备叫大家不要惊动先生，命关、张二人等在外面，自己则轻手轻脚地走了进去。只见那草堂卧榻上果真睡着一个人，刘备不敢惊动诸葛亮，就站在台阶下静静地等候。等了很长时间诸葛亮仍高卧不起，张飞又耐不住性子，嚷着要放火烧房，关羽连忙劝住。

等到诸葛亮醒来，时间已过了大半天。童子跑进去告诉诸葛亮说，刘皇叔已经在外面等候多时了。诸葛亮听了一边责备童子没有早点通报，一边穿上衣服出来迎接刘备。刘备终于见到了诸葛亮，心中喜悦，只见他身长八尺，面貌清秀，头戴纶巾，身披鹤氅，英姿飒爽，一表人才。

诸葛亮见刘备诚心诚意三顾茅庐，心里十分感动。两人坐下，诸葛亮说："自从董卓作乱以来，英雄豪杰纷纷行动，招兵买马，抢占地盘。曹操力量不如袁绍最后却战胜袁绍，这不光是凭运气，主要还是靠人的智谋。现在曹操拥有百万大军，又能用皇上的名义对各地发号施令，目前您决不能和他交锋。再说江

东，传到孙权已经是第三代了，那里地势险要，
百姓也拥护他，因此将军只可以与他结盟，
而不能去争夺。荆州北边靠着汉水，
南边能够得到南海，东北连接吴
郡和会稽郡，西边直通巴
蜀，自古以来就是

人们争夺的好地方。可是，现在荆州的主人刘表没能力守住它，这可说是上天送给将军的礼物，将军为何不把它拿过来呢？益州更是个险要的地方，那里沃野千里，被称为天府之国。可是益州的主人刘璋懦弱无能，不会治理，人们都盼着能有一个英明的君主。将军既是皇族，又广行仁义，乐于招纳英雄贤士，您可以先占据荆、益地区之后，与西戎和好，在南边安抚彝、越，只等天下有变，就可以派一名上将，率领荆州兵向宛城和洛阳进攻，将军再亲率益州人马出秦川，进军中原。这样百姓能不拿着吃的喝的东西欢迎您吗？这些，就是我给将军的建议，您考虑一下吧。"

说完，诸葛亮又拿出一幅地图指着上面说："西川五十州，曹操虎踞中原兵精粮足，又挟持天子，算是占有天时；孙权占据江东，有大江

第十七回

刘玄德三顾茅庐 诸葛亮隆中决策

为天险，则是占有地利，您要成就霸业，只能依靠人和。您可以先取荆州立足，之后在四川建立根据地，与曹、孙两家形成三足鼎立之势，然后再求发展。"刘备再三恳求诸葛亮出山相助，诸葛亮只得答应了。第二天，刘备一行人告别诸葛均，和诸葛亮一起离开了隆中。此时的诸葛亮只有二十七岁。

到新野后，刘备以对待老师的礼节对待诸葛亮，两人同桌吃饭，同床睡觉，整天谈论天下大事。一天，诸葛亮对刘备说："听说曹操在冀州挖了一个池子，叫玄武池，用来训练水军。

他一定有侵犯江南的意图，可派人过江去探听一下，看孙权有什么准备。"刘备闻言便选了两名精明的探子，前去江东探听消息。

　　孙权在江东继位后，在周瑜、鲁肃的帮助下养精蓄锐，招兵买马，广招贤士，一时间东吴才俊都纷纷投奔到孙权手下。孙权的势力渐渐强大起来。这时，曹操攻破了袁绍，派使者去江东命孙权将自己的儿子送到朝廷陪伴皇上。孙权拿不定主意，吴太夫人便召来了张昭、周瑜等人商量。

　　孙权听从了周瑜建议，把使者打发走了。从此，曹操就有了下江南攻打孙权的打算。

　　建安十三年，孙权拜周瑜为大都督，统领十万水陆大军攻破江夏，杀死了守将黄祖，然后又大造战船，加强了在长江沿岸的防守。孙权亲自率领大军，屯扎在柴桑。周瑜在鄱阳湖操练水军，准备北抗曹操西拒刘表。刘表将刘备请至荆州，要将荆州交给他，刘备推让不肯。

　　刘琦来拜见刘备说："继母不能容我，我的命就快没了，请叔父可怜我，救救我吧。"刘备问诸葛亮有什么计策，诸葛亮摇摇头说："这是家事，我怎敢过问呢？"过了一会儿，刘备送刘琦出门，临别时刘备悄悄地对刘琦说："明天我让孔明回拜贤侄，你去求他，他一定有妙计救你。"

　　第二天，刘备推说肚子疼，让诸葛亮代他回访刘琦。诸葛亮应允前去。刘琦见到诸葛亮大喜，连忙将他请进后堂相问，诸葛亮说："我是客人，怎么敢参与你的家事，如果泄露了，事情就不可收拾了。"说完，就起身要告辞。刘琦连忙挽留，又把诸葛亮请进了一间密室，饮过了几杯酒后刘琦又说："继母想害我，求先生帮帮我吧。"诸葛亮说："这事我不敢多嘴。"于是起身要走。刘琦上前拦住说："先生不说就算了，为什么就要走？"诸葛亮只好又坐了下来。刘琦说："我有一本古书，想请先生看一看。"说着便带着诸葛亮登上一座小楼，诸葛亮站在阁楼上却不见刘琦拿书过来，心中奇怪，问道："书在哪里？"刘琦哭着拜倒，说："我的性命就快要没了，先生忍心见死不救吗？"诸葛亮变了脸，起身就要下楼，不料楼梯已经被撤掉了。刘琦说："我想求先生救我，先生是怕有人泄露才不肯说，现在上不着天下不着地，只有先生和我知道，先生可以不用顾虑了。"

诸葛亮说："疏不间亲，我怎么能为公子出谋划策？"刘琦说："先生真的不救我吗？那我今天就死在先生面前。"说着举起剑就要自杀。诸葛亮忙拦住他说："现在黄祖刚死，江夏无人防御，公子可以上书请求带兵去守江夏，这样自然可以避免灾祸了。"刘琦拜了两拜，谢过诸葛亮，命人装上梯子送他下楼。回到新野，诸葛亮告诉了刘备这件事，刘备也很高兴。

第二天，刘琦请命去防守江夏，刘表犹豫不决，请刘备一同商议。刘备说："江夏这样的重镇，十分险要，正应该公子亲自去驻守。"于是，刘表给了刘琦三千兵让他到江夏去了。刘备等人也辞别刘表回到了新野。

三国演义

SAN GUO YAN YI

三国演义

第十九回

诸葛亮火烧博望坡　曹孟德挥师下江南

刘备对诸葛亮十分敬重,关羽、张飞却不认为诸葛亮有什么大才,心存不满。

正值曹操要铲除刘备,关羽、张飞说让诸葛亮前去应对。

诸葛亮早有对策,说道:"博望坡是曹军必经之地,它左边有座山叫做豫山,右边有一片树林叫做安林,两处可以埋伏军马。云长可带领一千五百兵马埋伏在豫山,夏侯惇大军来了,放他们过去,不要暴露。他的粮草用具一定都在大军的后面。当看到南边起火,就派兵烧它的粮车。翼德带着一千五百兵马到安林后面的山谷埋伏,看到南边起火,就去放火烧掉曹军储存在那里的粮草。"接着,诸葛亮又给关平、刘封、赵云以及刘备安排了要做的事情。

曹军的领兵将领夏侯惇性格暴烈,英勇善战,根本未把刘备等人看在眼里。他带领于禁、李典到了博望坡,选出一半精兵作为前队,其余的在后面护送粮车。这时正是深秋月夜,秋风徐徐。走了一阵,眼见赵云率军前来,两人战不到几个回合,赵云战败逃走,夏侯惇紧紧追赶,追了十多里,赵云回马又战,战不到几个回合,又逃走。夏侯惇想继续追赶，却被部将韩浩急忙拦住，韩浩劝阻说："只怕前面有埋伏。"夏侯惇不以为然，命令队伍全力追赶。

　　这时天色已晚，乌云密布漆黑一片，风越吹越猛，夏侯惇一心只顾催促军队向前赶去，而于禁、李典见路两旁芦苇丛生，不禁紧张起来。李典对于禁说："我们可不能轻敌，这里路窄而山陡，草木丛生，如果敌人用火攻怎么办？"于禁心头一震，立即让李典止住后军，自己到前面去找夏侯惇。可是，队伍走得很快，哪里能立刻止得住。于禁快马加鞭一边向前追，一边大声叫道："前军都督停一停！"夏侯惇正急于赶路，见于禁从后面赶来不知何故。于禁气喘吁吁地把李典的推测告诉他，夏侯惇猛然醒悟，立即下令："停止前进，停止前进！"但为时已晚，只听背后喊声震天，一片火光冲天而起。不一会儿，四面八方全都是大火，再加上这时狂风大作，火借风势迅速蔓延，曹军顿时乱成一团，自相践踏，被烧死、挤死、踩死的不计其数。

三国演义　SAN GUO YAN YI

这时，赵云也重新杀了回来，夏侯惇冒着浓烟烈火仓皇败逃。李典见大势不好，急忙赶回保护粮草，却被火光之中一员大将挡住去路。原来正是关羽。李典知道自己不是对手，便纵马夺路而逃。关羽放火点燃全部粮草车辆。夏侯惇、于禁见放粮草车辆的地方着了火，便沿着小路逃走。曹将夏侯兰、韩浩率军想去救粮草，但在半路上遇到了张飞，夏侯兰被张飞刺死于马上，韩浩夺路而逃。这场大战一直持续到天亮，只见横尸遍野，血流成河。狼狈不已的夏侯惇收拾残兵，大败而归。

张飞在得胜回营的路上遇到了关羽，两个人不住地赞叹诸葛亮的神机妙算，刚走上几里路，就见糜竺、糜芳和军士们簇拥着一辆小车来了，小车上正坐着神态悠闲的诸葛亮。关羽、张飞立即下马，拜倒在小车前。诸葛亮哈哈一笑，说："请两位将军起身，进城庆贺大捷。"

回到新野城后，诸葛亮对刘备说："我们虽然打败了夏侯惇，但不久曹操一定会亲自率领大军前来。"刘备急切地问："那应该怎么办呢？"诸葛亮说："新野只是一个小县

第十九回 诸葛亮火烧博望坡 曹孟德挥师下江南

城,不可久居。听说刘表已经病危,不如趁这个机会夺下荆州,这样就能抗拒曹操了。"刘备说:"我受了刘表的恩惠,怎么忍心打他的主意呢?"诸葛亮劝道:"如果这时候不取荆州,到时后悔就来不及了。"刘备说:"我宁死也不做忘恩负义之人。"大家听了都嗟叹不已。

夏侯惇打了败仗回到许昌,让部下把自己绑起来去见曹操。见了曹操后,夏侯惇跪在地下请求赐他死罪,曹操却亲手解了绳子。夏侯惇说:"我中了诸葛亮的计,他用火攻胜了我。"曹操说:"你从小带军,难道不知道狭窄的地方一定要提防火攻吗?"夏侯惇说:"李典、于禁曾提醒过我,我现在很后悔没有听他们的话。"曹操听了此话便命人赏赐了李、于二人。

夏侯惇说:"刘备这样猖狂,正是我们真正的心腹之患,应当及早除了他。"曹操说:"我所担心的正是刘备、孙权,现在正好趁这个机会扫平江南。"于是他点齐五十万大军,命曹仁、曹洪为第一队,张辽、张郃为第二队,夏侯渊、夏侯惇为第三队,于禁、李典为第四队,自己亲自率众将为第五队,每队各带十万人马,又命许褚为折冲将军,带三千人马作为前锋。五队人马依次起程,直扑新野,留下荀彧等驻守许昌。

荆州刘表病重而亡，蔡夫人和蔡瑁等人立了假遗嘱，让次子刘琮成为刘表的继承人，又写降书，把荆襄九郡献给了曹操。

刘备听说刘琮投降了曹操，心中大怒，而此时曹操已带大队人马到了博望坡。诸葛亮献计弃新野走樊城。刘备便派人去各处张榜，告诉老百姓："愿意跟随我们的，可跟我们去樊城暂时躲避一下。"又派孙乾去河边调拨船只救济百姓，派糜竺护送各位官员的家眷到樊城。

诸葛亮召集了各位将领，命关羽带一千人马去白河上游埋伏，让士兵们带着填满沙土的布袋堵住白河水。等到次日三更以后，听见下游有人喊马嘶，就拿起布袋放水去淹曹军，然后顺流下来接应。他又命张飞带一千人马埋伏在博陵渡口，当被淹的曹军从此处经过时乘势杀过去。诸葛亮又命赵云带三千人马，分成四队，其中自己带一队在东门外埋伏，其他三队分别埋伏在西门、南门、北门。并且提前在城里人家的屋顶上藏些硫黄等点火的东西，只等黄昏风起，便令西门、南门、北门的军队把火箭射进城里。趁城里的火势大作时，就在城外呐喊，只留下东门放敌军出去，之后在东门外从后面攻打。天亮再和关、张二人一起收军回樊城。最后诸葛亮又命糜芳、刘封带两千人，一半举红旗，一半举青旗，到新野城外的鹊尾坡前驻扎。看见曹军后，红旗军走到

左边,青旗军走到右边,之后再去分头埋伏。当看见城里起了火,就去追杀败军,然后到白河上游去接应。诸葛亮将一切分派停当,便与刘备一同登高观望,只等着好消息传来。

曹仁、曹洪带领十万人马做前队,由许褚带领三千精兵开路,浩浩荡荡直奔新野杀来。当天中午,曹军来到鹊尾坡,看见坡前有一簇人马,打的是青、红色的旗号。许褚催促军队向前走,糜芳、刘封把人马分为四队,青、红旗各自到左、右两边。许褚心下大疑,命军士暂时驻扎下来。

许褚骑马将此事报告给曹仁,曹仁说:"这一定是疑兵,不会有埋伏,快点进发吧。"忽然听见山上有擂鼓的声音,抬头一看,只见山顶上有一面旗帜、两把伞盖,左右各坐着刘备、诸葛亮,两个人正对着饮酒。许褚大怒,带领人马找路上山,却被山上的檑木炮石打了下来。这时忽然山后喊声大震,许褚想找路厮杀,但是天色已经晚了。

曹仁带着人马到了新野城外,想要夺下新野城,却见县城的四个门都大开着,已经成了一座空城。曹军进城休息,谁知夜里忽然起火,曹仁一路冲杀出来。到四更时分,曹军人困马乏,众人逃至白河边上,见河水不太深,人马都下河喝水。

关羽在上游用布袋挡住河水,黄昏时分便看见新野起了火,到四更忽然听到下游人喊马嘶,急忙命士兵们一起抽出布袋,水势顿涨,奔涌的巨浪朝下游冲过去,曹军人马又被淹死大半。

　　曹仁带着众将朝水势缓的地方逃跑,走到博陵渡口,忽听喊声大震,正是张飞带兵拦住去路。曹军大吃一惊,两军混战了一阵,许褚带人马赶来,救出曹仁。张飞和刘备、诸葛亮会合,众将一起渡河,去往樊城。

　　曹仁收拾残军来到新野驻扎,派曹洪去见曹操。曹操大怒,催动三军到新野扎下营寨,传令士兵们一边搜山,一边填塞白河,又命大军分为八路,一齐去取樊城。

　　刘晔劝阻说:"丞相刚到襄阳,一定要收买民心,现在刘备把新野的百姓都带入樊城,如果我军进发,两县的百姓性命不保。不如先派人招降刘备,刘备不投降,也可以表示我们的爱民之心;如果投降,那么荆州不用战争就可以安定了。"

曹操便召来徐庶，说："我本来想踏平樊城，但为了百姓的安全请先生先去说服刘备，他如果肯投降，可免去罪过，赐他官爵；他如果执迷不悟，无论士兵还是百姓都会没命。我知道先生有公义，特意请先生去一趟，希望先生别辜负了我。"徐庶便领了命令出发了。

徐庶到樊城见了刘备、诸葛亮，百感交集。徐庶对刘备说："曹操让我来招降您，实际上是在收买民心，依如今的情况樊城是守不住了，您还是早作打算吧。"说罢便起身回曹营赴命去了。

蔡夫人议献荆州　诸葛亮火烧新野

徐庶回到曹操大营，见了曹操，说刘备不愿投降，曹操大怒，立即下令大军进攻樊城。

刘备投往襄阳，刘琮闭门不纳，刘备只好又放弃襄阳，暂时去江陵安身。

刘备带着军民十余万人，大小车辆上千辆缓缓地赶路。不多时曹军追兵赶至，混战后，在刘备身边的只剩下一百多人，赵云等人已不知去向。

原来赵云奉军师命令负责保护刘备家属，从乱军中救出受伤的甘夫人，又把糜竺和甘夫人护送到长坂坡的安全地带，然后再次掉头冲入了乱军之中去寻找糜夫人与阿斗。终于在一个断墙的后面找到了糜夫人和阿斗。然而此时糜夫人已身受重伤，她不肯乘马，将阿斗交给赵云，自己却翻身跳入了枯井之中，赵云想救已经来不及了，只好含泪推倒土墙掩埋了糜夫人。

赵云怀抱幼主，抖擞精神，向外杀开一条血路，正在山顶督战的曹操看见赵云在千军万马之中横冲直撞如入无人之境，心中赞叹不已，起了爱才之心，下令不准放箭只许活捉。曹操此令一下，众将士放不开手脚,赵云趁此机会杀出一条血路,冲出了重围。

赵云脱身后,纵马直奔长坂坡飞马过桥,急行了二十多里,终于见到正在树下休息的刘备等人。

赵云跳下马走到刘备跟前,拜伏在地,泪流满面。刘备也禁不住落下眼泪。赵云双手将阿斗捧给了刘备。刘备伸手接过却突然又把阿斗掷在地上说:"为了这小子,差点折损了我一员大将。"赵云深受感动,忙抱起阿斗流泪拜倒道:"赵云就是粉身碎骨,也不能报答您的大恩。"

此时的长坂桥头已经聚集了不少追兵。为首的文聘只见张飞独自一人手握长矛威风凛凛地横马立在桥上,桥后的树林中尘土飞扬,似有兵马埋伏,心中犹疑不定,不敢轻举妄动。

张飞见桥东有一带树林长得茂盛,灵机一动,叫手下骑兵每人砍下一节树枝,绑在马尾巴上,然后骑着马在树林里不停地来回奔跑扬起尘土,远远望去,就好像埋伏着许多人马一样。

这时曹仁、李典等人也一齐赶到,见此情景不敢靠近,忙向曹操报告。

曹操听到报告后急忙赶来,张飞隐隐约约看见曹军阵中一簇人马拥着青罗伞盖朝前走来,伞下坐着一位将军,料想此人就是曹操,于是猛喝一声:"张飞在此,谁来跟我决一死战?"曹操一惊,竟然不由自主地向后退了一步,曹军也跟着后退了几步。张飞见了暗喜,又大声喝道:"战又不战,退又不退,到底想干什么?"这一声断喝,真如霹雳惊雷一样,又好像山崩地裂一般,曹操身边的夏侯杰竟吓得肝胆破裂,坠马而死。

曹操大吃一惊,调马便跑,众将士见了,也纷纷落荒而逃。转眼间,曹军之中一片混乱,兵士自相践踏死伤无数。曹操像掉了魂似的一路飞奔,头上的帽子丢了、头发也散了。张辽、许褚赶上曹操,将他的马拉住,曹操喘了好一会儿,才稍稍平静了一些,又叫张辽、许褚再到长坂桥察看动静。

张飞见曹军已经退走,立即让那二十几个骑兵解去马尾上的树枝,同时下令拆掉长坂桥,然后策马返回刘备处,向刘备报告了经过。刘备听后大赞张飞,之后又担忧地说道:"曹操精通谋略,又生性多疑。如果你没有拆桥,他怕有埋伏不敢进兵;现在你把桥拆掉了,他一定会料到我们人少心虚追赶过来。他有百万大军,一座断桥根本无法阻挡。"

刘备立即整顿人马,从小路过汉津,准备到沔阳去。此时张辽、许褚回到长坂桥察看,发现桥已被拆去,张飞也已离开,立刻掉头向曹操报告。曹操闻听后,知道刘备兵力薄弱不敢应战,便下令马上搭建浮桥,火速追赶刘备。

曹操率领大军追到汉津,正巧关羽从江夏借兵回来,保护刘备脱困。刘琦又带领江夏人马驾船赶来接应,刘备大喜。不久众人又会合了诸葛亮从夏口搬来的救兵,刘备到这时才长舒了一口气,放下心来。

众人坐下商议今后的去向,诸葛亮提出夏口地势险要,钱足粮多,可长期驻守,最后决定让关羽带五千兵马守夏口,而诸葛亮、刘备、刘琦则一同前往江夏,修整战船,训练士兵,抵御曹操。

曹操从汉津撤退以后率大军直奔荆州,决定听从许攸之计联孙权,打刘备。

曹操便一面派使者去东吴,一面统率八十三万大军,对外宣称一百万,分水陆两路,顺江而下扎营。营寨西起荆州,东到黄州、蕲春,连起来有三百多里长。

消息传到东吴,孙权忙召集众谋士商议。鲁肃建议说服刘备一起破曹。

鲁肃来到江夏,正中诸葛亮下怀,二人齐赴江东。到岸之后,鲁肃请诸葛亮到馆舍中休息,自己去见孙权。孙权正在召集文武官员议事,听说鲁肃回来了,忙召进来,把曹操招降的檄文拿给鲁肃看。鲁肃看完问:"主公怎么想?"孙权说:"还没想好。"谋士张昭主张降曹,众谋士都纷纷同意。

孙权不想降曹,鲁肃说:"我去江夏带来了诸葛亮,主公可以问一问他。"孙权说:"今天太晚了,明天召集文武官员,让他同我们江东的英杰见见面,然后再议事。"

第二天,鲁肃把诸葛亮带到帐下,张昭、顾雍等文武官员三十多人早已穿得整整齐齐坐在那里。

张昭知道诸葛亮是来做说客的,便最先挑衅道:"听说先生在隆中的时候,把自己比做管仲、乐毅,刘皇叔三顾茅庐请到先生后,就自称鱼儿得到水,然而至今为止皇叔却没有得到一寸土地,荆、襄两个地方反而被曹操占了,不知先生是怎么想的。"

诸葛亮心想，张昭是孙权手下的第一谋士，如果不驳倒他，难以劝服孙权，于是回答说："夺取荆、襄，本是很容易的事情，只不过因为刘皇叔心地仁慈，不愿意夺取同宗兄弟的领地，所以才推辞了。刘琮听信谗言暗中投降，才让曹操得了荆、襄。现在皇叔驻扎在江夏另有打算，这也不是别人能知道的。"

　　张昭说："先生把自己比做管仲、乐毅，这两个人是治国的贤才，可是刘皇叔没得到先生之前，还能东征西讨，而得到您之后，反而失掉了新野、樊县，在当阳更被打得丢盔弃甲，最后毫无容身之处。你怎么能和管仲、乐毅相比呢？"

　　诸葛亮说："大鹏展翅能翱翔万里，它的志向哪里是小鸟所能理解的呢？刘皇叔在汝南战败投奔刘表，士兵不过千人，大将也只有关羽、张飞、赵云，新野位置偏僻、兵少粮缺，在这样的情况下，我军还能在博望坡火烧夏侯惇，在白河水淹曹仁，吓得他们魂飞魄散，就算管仲、乐毅用兵也不过如此吧？在当阳，十几万百姓扶老携幼跟随皇叔，皇叔不忍抛弃，一天只走十几里，甘心和百姓一起受苦，这实在是大仁大义。再说，寡不敌众，胜败乃兵家常事。从前，高祖和项羽争雄，多次被项羽打败，最后在垓下一战取得成功消灭了项羽，不正是因为听了

韩信的计谋吗？但是韩信在跟随高祖的时候，也并不是都打胜仗的。治理国家是靠一个总的安排，这不是那些只靠名望、地位唬人的人所能了解的。这种人，坐在那里夸夸其谈时，谁也不如他，但是一叫他去处理事情，他就什么都不会了，只能招来天下人的耻笑！"

诸葛亮的一席话说得张昭哑口无言、目瞪口呆。这时谋士虞翻高声问道："现在曹操有大军百万、战将上千，先生要如何对付呢？"诸葛亮回答道："曹操之兵，大部分是收编刘表的队伍拼凑起来的，虽然号称百万大军，不过是乌合之众，也没什么好怕的。"虞翻冷笑道："刘玄德在当阳惨败，现在被困在江夏，已是穷途末路，只能求于人，现在你竟然说出这种话，这真是用大话骗人了！"诸葛亮不屑地说："刘皇叔不过几千人马，却已与曹操交战了多次。退守夏口，只是在等待时机。现在江东兵多粮足，有些人却不怕被人耻笑一心投降，比起来，刘皇叔还真算得上不怕曹操的英雄呢！"虞翻听了，红着脸没有话说。

谋士步骘站起来说："先生莫非想学苏秦、张仪，到东吴来做说客吗？"诸葛亮看了他一眼，说："你只晓得苏秦、张仪能言会道，却不知道他们都是了不起的英雄。苏秦捧六国相印，张仪两次做秦国的丞相，他们都很有谋略，有辅助国家的才能，都不是怕打仗的人。在座的诸位听到曹操几句大话就害怕了，请求投降，还敢笑话苏秦、张仪吗？"步骘低着头，不再说话。

接着，又有几个谋士，你言我语，争相刁难诸葛亮，结果都被诸葛亮一个个驳得张口结舌、垂头丧气、说不出话来。还有人不服气，但看到诸葛亮胸有成竹、对答如流，惊叹之余也不敢再发难了。

诸葛亮舌战群儒，将东吴众谋士驳得个个无言以对，又对孙权以言语相激，说："曹操的势力与日俱增，将军如果没有信心抵御曹操，不如听从你手下谋士的建议，趁早投降算了。"孙权听后，满脸不高兴，说："你既然这么说，为什么刘备不投降曹操呢，他的兵马不是比我更少吗？"诸葛亮见孙权生气，暗暗高兴，心想：我这激将法已经起作用了。于是，诸葛亮故意说道："刘备是汉室王孙，当世英雄，怎么能随便投降曹操呢？"

孙权勃然大怒，站起来，一甩袖子走入后堂。孙权对鲁肃说："诸葛亮欺人太甚！"鲁肃说："主公不要生气，否则诸葛亮会笑您气量小。其实，诸葛亮尚有良计还没对您说呢！"孙权听了大喜，急忙叫鲁肃把诸葛亮请到内室，以酒相待。于是诸葛亮说道："曹军人数众多，但远道而来，早已筋疲力尽，况且北方人不善水战，只要孙、刘联盟，就一定能打败曹操。"孙权听了十分高兴，连连点头，说："先生的话很有道理，使我茅塞顿开。"于是决定立即起兵，联合刘备，共抗曹操。

张昭听说孙权决定抵抗曹操连忙赶去劝阻，在他的一番说辞之下，孙权又犹豫不决，急忙派人到鄱阳去请周瑜。这时周瑜正在鄱阳湖训练水军，听说曹操大军顺江而下，便连夜赶回柴桑。鲁肃和周瑜是老朋友，两人感情非常好。他见到周瑜后，把前面的事告诉了周瑜。

当天张昭、顾雍、步骘等谋士们来看周瑜，劝他降曹，周瑜没有拒绝。

张昭等几个人刚走，程普、黄盖、韩当等武将又来表示宁死不降，周瑜也表示赞同。

晚间，鲁肃领着诸葛亮来见周瑜。周瑜竟然说要降曹，诸葛亮故意

刺激他说："我听说曹操在漳河边上造了一座铜雀台,要将江东美人大乔、小乔养在里面。将军为何不去把这两个女子用千金买来派人送给曹操?曹操心满意足,自然会退兵了。"

周瑜听了火冒三丈,离开座位指着北方道："曹操老贼,你欺人太甚!"诸葛亮急忙起身,劝道："现在只是送给曹操两个民间女子,公瑾何必生这么大的气呢?"

周瑜说："先生不知道,大乔是孙伯符的夫人,而小乔就是我妻子。"诸葛亮忙装作非常惊慌的样子,赔礼说："我真的不知道,请将军不要见怪!"周瑜余怒未息说："我和曹操老贼势不两立!"诸葛亮还在假意劝解。周瑜说："我受孙伯符临终嘱托,怎么能将东吴拱手让给曹贼?刚才不过是在试探先生罢了。我从鄱阳湖回来就决定北伐,即使刀架在脖子上也不后悔,希望先生能帮助我共同破曹。"诸葛亮见计已成功,连忙说道："若将军不嫌弃,我愿意效力,随时听您的派遣。"说完便辞别了周瑜,同鲁肃一同回去了。

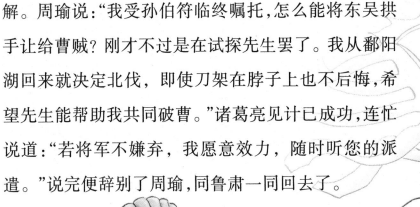

　　第二天一早,孙权升堂,周瑜力主与曹操开战,孙权兴奋异常,并拔出佩剑,砍掉面前奏案的一角,说:"如果有人敢再说投降,就会像这个桌子一样!"说完,把剑赐给周瑜,当场封周瑜为大都督,程普为副都督,鲁肃为赞军校尉。传话说文武众官若有不听号令者,就用此剑诛杀。

　　周瑜回到住处,便请诸葛亮来商议。诸葛亮说孙权心志不坚,应再加劝解,使他消除疑虑。周瑜去拜见孙权,果如诸葛亮所说。周瑜一番劝慰,孙权心志坚定,誓要与曹操决一死战。

　　周瑜告辞出来,心中暗想:"孔明早料到了将军心意,智谋比我高出一筹,以后难免会威胁江东,不如现在杀了他。"于是连夜招鲁肃入帐,商议此事。鲁肃建议请来诸葛瑾,让他前去劝说诸葛亮舍弃刘备而辅佐孙权。不料诸葛瑾没有说服诸葛亮,反倒被诸葛亮说得哑口无言。

　　诸葛瑾回来见了周瑜,讲述了情况。周瑜心中暗恨,想杀了诸葛亮,于是和程普、鲁肃邀了诸葛亮共往夏口,到了离三江口五六十里的地方安营扎寨。

　　周瑜派鲁肃请诸葛亮到中军帐议事,请他率领千余人马星夜赶往聚铁山截断曹操粮道,想借曹操之手除掉诸葛亮。

　　谁料诸葛亮识破此计,反激周瑜自己去阻断粮道,并说:"公瑾让我去断粮道,是要借曹操之手杀了我,我是故意激怒公瑾的。现在正是用人之际,我们两家只有同心协力才能打败曹操,如果互相妨碍,那就别想取胜了。曹操诡计多端,习惯断路劫粮,现今怎么会不派重

兵提防呢?公瑾如果真去,定会被擒。我们只能先进行水战挫挫他的锐气,再另想妙计打败他。请子敬还是好好跟公瑾说说吧。"

鲁肃回去把这些话告诉了周瑜,周瑜摇头顿足说:"这人的见识果然胜过我十倍,现在若不除掉,以后一定会成为吴国的祸患。"鲁肃劝说:"现在两边大军相互对峙,正是用人的时候,这事等破了曹军再说吧。"周瑜采纳了他的意见。

刘备惦念诸葛亮,便让糜竺带上羊、酒等礼物,以慰劳为名到东吴去探听一下情况。周瑜趁机邀请刘备前来一会,想伺机杀他。

刘备与关羽一齐前往周瑜大寨。

诸葛亮听说刘备来了,吃了一惊,急忙来到中军帐外探看动静。他见周瑜面带杀气,两边帐里藏着武士,心里很是着急。忽见关羽手握宝剑,站在刘备身后,这才放心地吐了口气,径直到江边等待刘备去了。

周瑜原想等刘备喝过两杯酒后以摔杯为号,命刀斧手冲出杀死刘备,可却被关羽的气势震慑,没有轻举妄动,只得把刘备送出辕门。

刘备和关羽来到江边,见诸葛亮已备船接应。周瑜与刘备约好在十一月二十日后东南风起时,让赵云驾船在江边接应自己,之后便送走了刘备。

周瑜送走刘备刚回到寨中,就听说曹操派使者送信来了。周瑜把使者叫进来,接过信,只见封面写着:"汉大丞相付周都督开拆。"周瑜一把将信扯碎,扔到地下,并且下令斩了使者。接着,周喻任命甘宁为先锋,韩当为左翼,蒋钦为右翼,下令次日五更开船,向曹军进攻。

曹操听说周瑜撕掉书信杀了使者十分恼怒,令蔡瑁、张允为前部先锋,自己为后军,催促战船向东吴水军杀去。

第二天,两军在三江口江面上相遇。曹军因为不习惯水战,大败而归。

曹操于是命蔡瑁、张允日夜训练水军。

周瑜听说曹操正在训练水军,心中暗惊,决定除掉蔡瑁、张允二人。

曹操损兵折将大挫锐气,心里很烦躁,召集帐下文武百官,商量对策。忽然帐下一人站出来道:"我和周瑜从小就是同窗好友,情同手足。我愿前往说服他来投降。"曹操听后大喜,看清这人,原来是帐下幕宾,姓蒋,名干,字子翼。于是设下酒宴为蒋干送行。

周瑜正在帐中议事,忽然有人进来报告:"故人蒋干来访!"周瑜笑说:"曹操的说客到了。"于是压低声音,把计划告诉众将领,各将领听完后就分头去执行命令了。

周瑜亲自出门迎接蒋干,传令帐下文武百官都来和蒋干相见,又设酒宴款待蒋干。周瑜对众将士说道:"子翼与我是知心朋友,今日相聚只可畅饮,不谈国事,谁若提起,我便杀谁。"于是命大将太史慈提剑监督,蒋干听了吓出一身冷汗,哪里还敢提劝降的事。

酒喝到一半，周瑜便拉着蒋干的手，大步走出帐外，让他看江东的精兵足粮。周瑜装醉笑着说道："我与孙权情同手足，就算是苏秦、张仪再世，有口若悬河之才，也不能动摇我的心。"说完，哈哈大笑起来。

蒋干听了面如土色。周瑜又拉蒋干回帐中继续畅饮。他指着众将士对蒋干说："这些都是江东的英雄，今天的聚会就叫群英会吧！"至夜，二人共睡一帐，周瑜故意跟跟跄跄地步入寝帐，衣服也没脱就倒在床上，一会儿便鼾声如雷。

蒋干心中有事哪里睡得着，这时听见军中鼓声已是二更，桌上残灯微亮。他见周瑜醉得不省人事，便悄悄起床，恰好看见桌上放着一叠书信，他借着烛光一看，发现竟有一封信上面写着"蔡瑁、张允谨封"。蒋干大吃一惊，偷偷地打开，见信上竟写着他们与周瑜暗通的事。

蒋干愕然，心中一阵狂跳。这时周瑜翻了个身，蒋干急忙把书信藏入怀中，吹灭了灯躺到床上。

下半夜时，蒋干听到有人进来小声唤醒周瑜，周瑜迷迷糊糊地问："谁睡在我床上？"那人答道："都督请蒋先生一起睡，您怎么忘了？"周瑜装作十分懊悔的样子，说道："我从来都没喝醉过酒，不知昨夜有没有说错话。"那人低声向周瑜说道："江北有人来了。"周瑜连忙喝住，回头轻声唤蒋干，

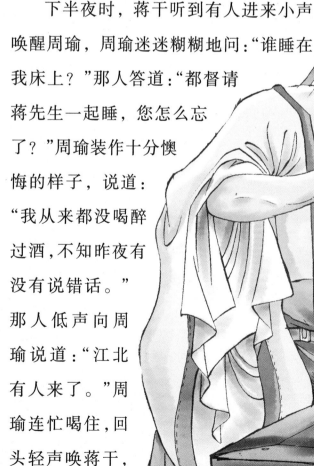

见蒋干没有答应，这才悄悄下床走出帐外和那人说话。蒋干假装睡着，却竖起耳朵仔细听起来，只隐隐约约地听见："蔡、张二位都督说，一时还不能下手……"以后声音越来越低，就听不清楚了。

过了一会儿，周瑜回来了，又唤了几声"子翼"，蒋干只是装睡不答应，周瑜见蒋干睡得正香，才放心地上床，不一会儿又打起鼾来。蒋干怀揣着书信暗想："周瑜是心细之人，天亮找不到书信必然怀疑我。"五更的时候，蒋干戴上巾帽轻声走出帐外唤了小童，一刻不停地赶回了曹操大营。

曹操见了蒋干问道："事情办得怎么样了？"蒋干答道："周瑜心如铁石，很难说服。"曹操大怒，说："事没办成，反被东吴众人取笑。"蒋干忙说："虽然没能说服周瑜，却打听到一件要紧的事。"曹操示意左右退下，蒋干取出那封信，并将其他的所见所闻告知曹操。曹操看完书信大怒，立刻将蔡瑁、张允召进帐中，问二人："水军练得怎么样了？"蔡瑁答道："还没操练熟，不能贸然进兵。"曹操厉声说道："等水军操练好了，我的脑袋就要献给周瑜了！"蔡、张二人不明白他的意思，惊慌之下不能回答。曹操于是下令将蔡瑁、张允推出去斩首，不一会儿，二人首级被端了上来。其他将领见状前来询问缘故，曹操突然醒悟："我中了周瑜的反间计了！"但他不肯认错，便对他们说："这两人怠慢军法，所以处死他们。"曹操又叫毛玠、于禁做水军都督，代替蔡、张二人统领水军。

在东吴的周瑜得知这一消息喜不自胜，说道："我怕的就是蔡瑁、张允这两个人，如今我略施小计除掉这二人就不用担忧了！"

　　周瑜用计除掉了蔡、张二人，心中得意，想知道诸葛亮是否知晓自己的计策，于是他找来鲁肃，让鲁肃去诸葛亮那里打探一下。

　　鲁肃来到诸葛亮舟中，刚一见面，诸葛亮就说道："还没向都督贺喜呢。"鲁肃说："什么喜事啊？"诸葛亮说："就是都督派您来试探我知不知道的这件事啊，这件事难道不值得道贺吗？"鲁肃听了大惊失色，支吾几句，告辞回去。诸葛亮嘱咐他说："千万不要告诉都督我知道这事，否则，他一定会找借口害我。"鲁肃见了周瑜，照实说了。周瑜听后大怒说："此人决不能留，我自有办法，让他死而无怨。"

　　第二天，周瑜召集众将来到帐下，也请来诸葛亮一同议事。周瑜对诸葛亮说："近日我们便要和曹军交战，但现在军中缺箭，麻烦先生监造十万支箭应敌。请先生一定不要推辞。"诸葛亮说："都督交给的任务，当然应该效劳。"周瑜又说："那就请先生在十天内完成吧！"诸葛亮听了说："三天就够了。"周瑜一怔，说："军中无戏言。"诸葛亮说："我怎么敢戏弄都督，我愿立下军令状，三天没完成，甘受重罚！"周瑜大喜，命人当面取了文书，让诸葛亮立下军令状，并说："等军务完成之后，定有酬谢。"诸葛亮说："今天已来不及了，从明天造起，到第三天请派五百个小兵到江边搬箭。"说完喝了几杯酒便告辞而去。

　　诸葛亮一走，周瑜就派鲁肃再去诸葛亮那里探听虚实。诸葛亮见了鲁肃说："希望您借给我二十只船，每船要有军士三十人。船上都用青布做成幔帐，再各扎一千多个草人，分别摆在两边，第三天包管有十万支箭。但此事万万不能又让公瑾知道，否则我的计策就失败了。"鲁肃答应了。

到第三天四更时，诸葛亮秘密地把鲁肃请到船中。鲁肃十分疑惑："您为什么叫我来呢？"诸葛亮说："我特地请您和我一同去取箭。"鲁肃问："到哪里去取？"诸葛亮说："子敬别问，跟我去就知道了。"于是命人把二十只船用长索相连，径直向北岸进发。

这天夜里江中大雾漫天，面对面都看不见人。诸葛亮催船前进，五更天时分靠近了曹操水寨。诸葛亮让人把船只头西尾东排成一列，又令士兵擂鼓呐喊。鲁肃吃惊地问："如果曹军一齐出来怎么办？"诸葛亮笑道："我料想曹操在大雾之中一定不敢出来。我们只管饮酒取乐，等雾散了就回去。"

曹操在寨中听见擂鼓呐喊，传令说："江上大雾弥漫，敌人忽然来到，肯定有埋伏，一定不要轻举妄动。可以派水军弓弩手用乱箭射他们。"接着又派人到旱寨叫张辽、徐晃各带弓弩手三千，火速到江边援助。水军、旱军弓弩手一万多人齐向江中放箭，万箭齐发疾如骤雨。过了一会儿，诸葛亮又让

人把船掉头,头东尾西逼近水寨受箭,一面又擂鼓呐喊。

等到太阳升起,大雾散尽,诸葛亮下令收船回寨。二十只船两边的束草上都排满了箭。诸葛亮又让各船上军士齐声叫道:"谢丞相箭。"等到曹操得知派人追赶时,这边船已顺水行了二十多里,早已追不上了。曹操懊悔不已。

鲁肃得知诸葛亮三天前已经算准了今天有大雾,非常佩服。

船到了岸边,周瑜已经派了五百士兵在江边等着搬箭了。诸葛亮让他们到船上去取,足足有十万多支。鲁肃见了周瑜,详细说了诸葛亮取箭的事,周瑜大惊,感慨地说:"孔明神机妙算,我不如他啊!"不一会儿,诸葛亮进入寨中见周瑜。周瑜亲自出帐相迎,赞叹说:"先生神机妙算,真让人佩服啊!"于是邀诸葛亮一同入帐饮酒。

众人入座后,周瑜说:"昨天吴侯派人来督促我进军破曹,曹操水寨非常严整,难以攻破。我想到了一个计策,不知是否可行,请您来帮我出出主意。"诸葛亮说:"都督请先别说,我们各自写在手里,看看是否相同。"周瑜让人取毛笔砚台来,自己先写了计策,之后又让诸葛亮写了,两人移近座位,各伸出手掌互相看去,都笑了起来。

原来周瑜掌中写了一个"火"字,诸葛亮掌中也是一个"火"字。周瑜很高兴,说:"既然我们两人的见解相同,我就没有什么疑虑了。"说罢两人相对而饮。

曹操白白被诸葛亮骗走了十万多支箭，心中很气恼，许攸献计，让蔡瑁的堂兄弟蔡中、蔡和去诈投周瑜。

周瑜很高兴，重赏了他们两个，安排他们做了甘宁将军帐下先锋。二人退下去以后，周瑜悄悄叫来甘宁，吩咐道："这两个人没有带家眷过来，并不是真心投降，一定是曹操派来的奸细。我打算将计就计，让他们通报消息。你表面上对他们要殷勤相待，暗地要小心提防。"甘宁领命退去。

当天晚上，黄盖潜入军中来见周瑜。周瑜问道："您深夜到此，是想到好计策了吧？"黄盖说："敌众我寡，可用火攻曹军。"周瑜说："我也想到用火攻，所以留下蔡中、蔡和暗通消息，可惜还没找到人前去曹操那里诈降。"黄盖说："我愿意担当此任！"周瑜大喜过望，二人商量了一番。第二天，周瑜击鼓召集众将，说道："曹操带领百万大军连绵三百余里，不是一两天就可以打败的，你们每人先领三个月粮草准备抗敌。"话没说完，黄盖就站出来反对说："敌众我寡，还不如趁早向曹操投降算了。"话音刚落，周瑜勃然大怒，喝令将黄盖推出去斩首。众将都跪下替黄盖求情，周瑜愤愤说道："死罪可免，活罪难逃，先打他一百军棍再说。"

军士听到命令，立即剥去黄盖衣服，将他按倒在地，举起军棍就打。还没打五十下，黄盖已皮开肉绽鲜血直流，几次昏死过去。众将士忙又跪下来替黄盖求情，周瑜手指黄盖咬牙切齿地说："你还敢小看我吗？先留下五十军棍，以后再算账！"说完愤愤入帐。众将士把奄奄一息的黄盖抬回帐内休息。

鲁肃看望过黄盖来见诸葛亮，责备他不为黄盖求情，诸葛亮说："公瑾杖打黄盖，明明是在用苦肉计。下一步，公瑾就会叫他向曹操投降，再让蔡中、蔡和通风报信。子敬见到公瑾时千万别说我知道这件事，只说我也埋怨都督好了。"

鲁肃辞别诸葛亮，去见周瑜，周瑜把他迎进帐内说："今天痛打黄公覆，将领们都埋怨我吗？"鲁肃说："不少人心里都不满。"周瑜又问：

"孔明呢？"鲁肃说："他也说都督太无情。"周瑜高兴地说："这回可瞒过他了。"鲁肃询问缘故，周瑜说："今天打黄盖正是我用的一条计策。"鲁肃听了暗暗佩服诸葛亮，嘴上却不敢说明。

晚上，黄盖的好朋友、军中参谋阚泽前来探望，黄盖以实相告，并请他去曹营献诈降书，阚泽慨然答应了。当晚，阚泽就扮成渔翁，划着一条小船，驶向北岸。

曹操反复把诈降书看了十几遍，忽然瞪大眼睛，拍着桌子，大骂道："黄盖用苦肉计，你来下诈降书，以为能瞒过我吗？"随即命左右武士把阚泽推出去斩首，阚泽面不改色，一边走一边仰头大笑。曹操叫武士把阚泽又带回来，喝斥道："我已识破你们的奸计，你笑什么？"阚泽说："我不笑你，我笑黄盖看错了人。"曹操说："我自幼熟读兵书，你这条奸计瞒得了别人，怎么能瞒得住我？黄盖既然是真心投降，为什么不写明白约定时间，你还有什么话说？"阚泽听了，大笑说："亏你不知羞耻夸口说自己熟读兵书，你赶快收兵回去吧！不然，像你这样没见识的人定会被周瑜活捉。"曹操问："我怎么没见识？"阚泽说："黄公覆假如在信里约了投降的日期，一旦发生

意外来不了,这里反而去接应,事情必然败露,所以这件事只能看情况进行,哪能预先约定时间?你不明白这个道理,屈杀好人,难道不是没见识吗?"曹操听了,笑着向阚泽赔礼说:"是我不对,冒犯了先生,请您不要见怪。"之后又允诺事成后定会重赏他们二人。

过了一会儿,蔡中、蔡和的密信送到,曹操便真信了。当夜,阚泽划着小船回到东吴,把与曹操见面的情况告诉了黄盖,黄盖对阚泽的机智和胆量十分佩服。两人又商量了一会儿,阚泽就辞了黄盖来见甘宁。阚泽来到甘宁寨中故意大声对甘宁说:"将军前天为了替黄盖说情被周瑜羞辱,我实在替你不平。"甘宁只是微笑而没有回答。

就在这时,蔡中、蔡和来了。阚泽用眼睛示意甘宁,甘宁心领神会,故意咬牙切齿,拍着桌子大骂道:"周瑜狂妄自大,全不把我们放在眼里,叫我如何立足于江东!"四人坐下来,甘宁仍愤愤不已,叹气不断。蔡中、蔡和见甘宁、阚泽都有谋反之意,趁机言明自己是来诈降的。甘宁转怒为喜,让手下摆好酒宴,四个人一边喝酒,一边密谋投降的事。

蔡中、蔡和二人回去后立即写信给曹操,说甘宁也不满周瑜的为人,愿意归顺;而阚泽也另外写了信,与曹操约好,只要见到船只插着青牙旗而来,就是黄盖来投降了。

曹操收到蔡和、蔡中及阚泽的信后仍是放不下心，于是想再派一人去东吴打探消息。蒋干听了请求去周瑜寨中一探虚实。曹操十分欢喜，让他立刻起程。

鲁肃曾向周瑜推荐过庞统，庞统也提出攻曹要用火攻，并说应当献"连环计"，让曹操把船钉在一起火攻才能成功。周瑜正为如何让庞统去向曹操献连环计而发愁，恰逢蒋干来到，十分高兴。

蒋干一到，周瑜就装出生气的样子，叫来左右，命他们送蒋干到西山庵中休息，等破了曹军，再送他过江。

蒋干住在西山小庵心中忧闷，寝食不安，遇上了早在此等他中计的庞统。蒋干于是作了自我介绍，并劝庞统投靠曹操。庞统说："我想离开江东已经很久了，您既然愿意引见，我们现在就走吧，否则周瑜知道定会加害我们。"于是两人连夜下山，乘了小舟，到江北拜见曹操。

曹操听说凤雏先生来了，亲自出帐迎接，又陪同庞统先后参观了旱寨、水寨,庞统极力称赞曹操用兵有法,指着江南方向说:"周郎啊周郎,你的死期就要到了。"曹操大喜,两人回到帐中,一同饮酒,谈论用兵之法。庞统高谈阔论,对答如流,曹操听了深为佩服,更加殷勤地招待他。

庞统假装醉酒说:"冒昧问一下,军队中良医一定很多吧?"曹操问:"为什么这么问?"庞统说:"水军容易发生疾病,需要有好医生来治疗啊。"当时曹操军队因为水土不服,都有呕吐的毛病,甚至很多人因此死去,曹操正担心这事,忽然听见庞统的话,急忙询问对策。

庞统说:"大江之中,潮起潮落,大风大浪不停息;北方士兵不习惯坐船,遭受这样的颠簸后,便易生疾病。如果把大船小船都搭配起来,或者三十只为一排,或者五十只为一排,首尾用铁环连起来,上面铺上宽板子,不用说人可以来去自由,连马都可以走动了。坐这种船,不管他风浪潮水怎么动,都无须担心了。"曹操大喜,下席道谢说:"有了先生的高明计策,东吴必定可破。"于是马上传令,让军中铁匠连夜打造连环大钉锁住船只。大家听了都很高兴。

庞统又对曹操说："江南的英雄豪杰,多半都怨恨周瑜。我愿说服他们来投靠丞相,到时周瑜孤立无援,肯定会被丞相捉住。周瑜被消灭了,刘备也不用担忧了。"曹操说："先生如果真能成功,我会上奏天子,把您封在三公之列。"庞统说："我并非为了富贵,不过想救千万百姓而已。丞相渡过江去,请一定不要滥杀无辜。"曹操说道:"我替天行道,怎么忍心杀戮百姓呢?"

庞统又请求曹操给予榜文,以保家人平安。曹操于是命人写了榜文,盖了章,交给庞统。

庞统告辞来到江边,正想上船,忽然被岸边一人一把扯住说:"你好大胆! 黄盖用苦肉计,阚泽来下诈降书,你又来献连环计,只唯恐烧得不干净彻底。你们用此毒计,只能瞒得过曹公,可瞒不过我。"几句话把庞统吓得魂飞魄散,急忙回头看那人,原来却是徐庶。

庞统看到是旧日朋友,心中方才安定下来。他前后左右看看没人,才说:"你如果要说破我这条计策,江南八十一州百姓的性命就叫你断

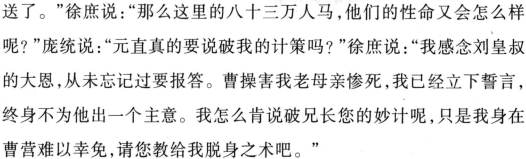

送了。"徐庶说:"那么这里的八十三万人马,他们的性命又会怎么样呢?"庞统说:"元直真的要说破我的计策吗?"徐庶说:"我感念刘皇叔的大恩,从未忘记过要报答。曹操害我老母亲惨死,我已经立下誓言,终身不为他出一个主意。我怎么肯说破兄长您的妙计呢,只是我身在曹营难以幸免,请您教给我脱身之术吧。"

庞统在徐庶耳边简单说了几句,徐庶拜谢之后,庞统便告别了徐庶,上船回江东去了。

徐庶按照庞统的计策,当天晚上偷偷派了亲信去各寨中暗地里散布谣言,说西凉州韩遂、马腾起兵谋反正杀向许都。曹操大吃一惊,召集众谋士商议对策说:"我领军南征,心中所担心的,就是韩遂、马腾。

军队中的谣言,虽然不知是真是假,但也不能不防备。谁愿意代替我去看一看?"

话还没说完,徐庶主动上前说:"我承蒙丞相收留重用,很遗憾没有建立一点功绩作为回报。我请求带三千人马,星夜赶往散关把守隘口。"曹操高兴地说:"如果元直能去,我就没有忧虑了。"于是给他调拨三千步军,星夜出发北去了。

建安十三年冬十一月十五日，天气晴朗，云淡风轻。这一天，曹操亲自巡视营寨，见自己数十万大军军容整齐，士兵个个精神抖擞，不禁心中欢喜，当晚便在大船上设宴，与文武众官开怀畅饮。

夜半时分，曹操喝得微醉，用手指着南岸说："周郎啊周郎，你哪里知道，在你身旁就有我的人呢，这真是上天助我！"又指着夏口方向说："刘备啊刘备，你那点兵如同蚂蚁一样，想撼动泰山，那不是妄想吗？"曹操又喝了几杯酒，已经大醉。他拿过一柄槊站在船头，将杯中酒倒在长江中祭奠，又饮了三杯，便面对滔滔大江，赋起诗来。

自从曹操听了庞统的计策，便传令将各战船连接。曹操亲自来到水军中心的大船上，观看将士训练。这天正刮着西北风，波涛汹涌，但是战船相连之后却稳如平地，士兵行走自如。曹操大喜，谋士程昱有些担忧地说："船船相连固然平稳，但万一敌人用火攻该怎么办呢？"曹操大笑着说道："你太多虑了，现在正是寒冬季节，只会刮西北风，哪里来的东南风呢？我军在西北，敌军在东南，如果他们用火攻，只会回头烧到自己，这岂不是'玩火自焚'吗，周瑜会这么干吗？"众谋士听了都连声称是。

曹操的话音刚落，只见袁绍手下归降过来的将领焦触、张南出来请战。

于是曹操拨给二人三十只船，五百名精壮士兵，命他们次日天亮时出发；同时派大战船作支援，又让文聘带领三十只巡逻船，在后边接应。焦触、张南二人欢欢喜喜地准备去了。第二天一早，水寨中战鼓擂动，焦触、张南领二十只小船，出了寨门，往江南进发。

江南水军听到对岸鼓声，有几个军士急忙登到高处眺望。只见有一队小船正扬着风帆飞驶过来。军士立即回报周瑜。周瑜召集众将，派出韩当、周泰两人各领五只战船，分左右两路出击，命其余各寨都要严加防守，不能轻易出动。

焦触的船队先到，被韩当领兵击退。

周瑜站在山上远远向江中眺望，忽然狂风大作，一阵风吹过，旗帜被风卷起，旗角正好扫过周瑜的脸。周瑜猛然想起一件心事，大叫一声仰面跌倒，口吐鲜血，顿时不省人事。诸将大惊，急忙把他扶下山救回帐中。

诸葛亮来见周瑜，笑道："都督的病是气理不顺所致，我有一个药方，保证能够药到病除。"周瑜高兴地说："请先生指教。"诸葛亮屏退侍从，要来纸笔，在纸上写下十六个字：欲破曹公，宜用火攻；万事俱备，只欠东风。写完之后，递给周瑜说："这就是您的病根子。"周瑜接过来一看，大吃一惊，暗暗想道："他真是神人啊，早就知道我的心事。"于是请教诸葛亮说："先生既然已经知道我的病源，应该用什么药治疗呢？请先生赐教。"诸葛亮告诉周瑜说只需要在南屏山上建一座"七星坛"，他便可登坛作法，借来三日三夜的东南大风帮助周瑜用兵。周瑜一听十分高兴，"心病"马上好了，命人在南屏山上赶筑七星坛；同时调兵遣将，为进攻作各项准备。

十一月二十日，七星坛已经筑好。诸葛亮又请周瑜派出一百二十名军士在坛周围保护，然后自己登到台上，披发仗剑，"借"起东风来。而此时周瑜则把程普、鲁肃请到自己帐内，只等东风一起立刻调兵遣将，同时又派人去转告了孙权。

当天黄盖已经准备好了二十只船。每只船内装芦苇干柴，外面又浇上鱼油，铺上硫黄、焰硝等引火之物，上边用青油布盖好。船头都插上青龙牙旗，船尾系着轻便小船。一切收拾妥当，只等周瑜号令一下，便可立刻出发。

那天晚上将近三更的时候，忽然狂风大作，旗帜飘动，周瑜走出帐外，不禁骇然，外面果然刮起了东南风。周瑜暗想："诸葛亮神通广大，能呼风唤雨，深不可测。留着他将来必然是东吴的大患，也是我周瑜的大患呀！"于是他密令丁奉、徐盛各带一百人，赶到南屏山去杀诸葛亮。诸葛亮早就料到周瑜会来杀自己，他已作好了准备，因此当丁奉、徐盛赶到七星坛时，诸葛亮早已没了踪影。

丁奉、徐盛带兵追至江边，只见诸葛亮早由赵云接应至船上，二人久闻赵云大战长阪坡的英名，不敢再追，于是回寨复命。周瑜听后又惊又怒，却也无计可施。

　　周瑜见丁奉、徐盛二人无功而返，顿足长叹："孔明不除，我无一日睡得安稳啊！"鲁肃忙劝解，要周瑜以大局为重，不可因小失大，于是周瑜召集众将开始进行进攻曹军的部署。

　　周瑜先向甘宁下令说："你带蔡中和投降的士兵沿南岸走，打北军旗号，直取乌林，深入曹操屯粮的地方，举火为号。留蔡和一人在帐下。"然后周瑜叫来太史慈，命他领三千兵马直奔黄州地界，阻挡曹操合

淝援兵，先逼近曹兵，以放火为号，再与吴侯打着红旗的接应兵马会合。甘宁、太史慈领命后率军先出发了。周瑜又让吕蒙领三千兵马去乌林接应甘宁，焚烧曹操寨栅。又派凌统领三千兵马，直接去到彝陵界边，看到乌林火起，就出兵拦杀曹军；派董袭领三千兵马直取汉阳，从汉阳杀奔曹操寨中，看白旗接应；最后派潘璋领三千兵马，都打着白旗，到汉阳接应董袭。众将领命各自分路去了。

　　周瑜让黄盖派人送信给曹操，约定夜间押着粮船去投降。黄盖安排好火船，周瑜又让韩当、周泰、蒋钦、陈武各领四支船队，每队有战船三百只，前面各有火船二十只作为接应。周瑜与程普在大船上亲自督战，留鲁肃、阚泽等谋士守寨。

　　孙权也派人拿着兵符来到，并安排好了接应部队。众人各自作好准备，只等黄昏行动。诸葛亮回到刘备处，立刻安排阻击曹操。关羽见并未给自己作安排，忍耐不住，大声问："我跟随兄长南征北伐，从没有落后过。今天碰上大敌，军师却不用我，是何用意？"诸葛亮笑道：

"云长别见怪,我算到今天曹操兵败,必走华容道。本想让您去守,又担心您感念从前曹操的恩情,多半会放他过去,所以不敢让您去。"关羽立下军令状,保证不徇私情。

诸葛亮说:"云长可以在华容小路旁的高山上堆积柴草,放一把火引曹操来。"关羽说:"曹操望见烟,知道有埋伏,哪还肯来。"诸葛亮笑道:"你难道没听过兵法上'虚虚实实'的说法?曹操生性多疑,肯定认为这是虚张声势,必定走这条路,将军可千万不能放过他。"随即关羽也领军去了。

刘备说:"我弟弟情深义重,如果曹操真走华容道,只怕真的会放了他。"诸葛亮说:"我夜观天象,曹操老贼还没到死的时候。留这人情让云长做了,也是美事。"刘备赞叹道:"先生神机妙算,世上无人能及啊!"

曹操正在大寨中等候黄盖消息,程昱进来报告说:"今天东南风起,最好预先提防。"曹操笑道:"阴阳互相转化之时,怎么能没有东南风?不足为怪!"此时有人送来黄盖密信,相约当晚二更带粮船前来投降。曹操大喜,与众将等候黄盖。

傍晚时,周瑜命军士捆蔡和来杀了祭旗,之后便下令开船。黄盖坐在第三只火船上乘风向赤壁进发。当时东风大作,波涛汹涌。军士报告曹操,有一队船插着青龙牙旗远远驶来,其中一面大旗上写着先锋黄盖的名字。曹操笑道:"公覆来投降,这是上天助我成功啊!"船队渐渐靠近。

程昱观望很久,对曹操说:"来船有诈,暂且别让他靠近水寨。"曹操说:"你怎么知道?"程昱说:"粮食在船中则船必然沉重;现在看这些船,轻而浮。再加上今天晚上东南风很急,如果有诡计,怎么抵挡得了?"曹操方才省悟,忙派文聘领十几只小船出发阻拦。文聘站在船头,大叫:"丞相有令:南船先别靠近营寨,就在江心停下。"话音刚落,就听见弓弦响,文聘被黄盖射中左臂倒在船中,船上大乱。

此时东吴船只离曹操营寨只有二里远,黄盖下令点火,风助火势,二十只船冲入水寨,寨中的船只一下子都着了火。船只由于被铁环锁住,无处逃避,只见江上红光满天,成了一片火海。

曹操由张辽保护着乘小船逃向岸口。黄盖大叫:"曹操老贼别走,黄盖在此!"张辽听了一箭射

去,射中黄盖右肩,黄盖翻身落水。这时韩当冒着烟火来攻水寨,忽然听见士卒报告:"后梢舵上有一个人,高喊将军名字。"韩当细听,只听见那人高喊:"义公救我。"韩当一惊,说:"这是黄公覆啊。"连忙命人救起。韩当见黄盖受了箭伤,箭头陷在肉里,连忙帮他脱去湿衣服,用刀剜出箭头,扯下旗子包扎好,又脱下自己的战袍给黄盖穿了,然后让另外的船送黄盖回大寨医治。原来黄盖精通水性,所以虽然在寒冷的天气中穿着铠甲掉入江中,却能侥幸大难不死。

这时周瑜、程普等人也率大队战船来到。东吴军队在漫天的红光中大举进攻,冲向曹营。曹军大乱,死伤无数、哭叫连天,东吴军以少胜多大败曹兵,这就是著名的"赤壁之战"。

　　这边甘宁按照周瑜的命令，由蔡中带路直奔乌林曹军营寨，到了营寨深处，甘宁一刀把蔡中砍落马下，就在草垛上放起火来。吕蒙远远望见火光，也在曹寨中放了十几处火作为接应。董袭、潘璋分头放火呐喊，一时间四下里鼓声大震。

　　张辽保护曹操带领一百多名军卒在烟火中奔逃，随后毛玠救了文聘，也赶了上来。曹操见四周没有一处不着火，忙叫军士寻找道路。张辽说："只有乌林地面空阔处可走。"于是护着曹操直奔乌林，留下张辽在后边抵挡。

　　曹操惊慌奔走间，凌统带军从山谷中杀出，幸好徐晃带了一队人马，从岔路上迎过来，和凌统混战一场，才保住了曹操。众人又向北逃走，遇见河北降将马延、张凯率领着三千人马驻扎在山坡上。曹操心中稍定，他叫马延、张凯领一千人马在前边开路，其余两千人马留在自己身边，作为护卫队伍。

　　马延、张凯往前走了十几里路，只见甘宁领着人马从旁边杀过来。二将不敌，皆死在了甘宁刀下。兵士们见了，纷纷逃跑，去报曹操。

　　曹操无奈只好向彝陵方向逃走。半路上又遇见了张郃，曹操就让他领二百人断后。五更时，众人走到一处山川险峻、树木丛生的地方，曹操忽然哈哈大笑，众将士不解，询问缘故，曹操不慌不忙地说道："我只笑周瑜和诸葛亮缺少智谋。如果是我，就会预先在这里埋伏下人马。"话音未落，就听到两边鼓声震天，烟火冲天而起，从侧面杀出一队人马来，为首的一员大将白马银枪，高声喊道："赵云在此等候多时了！"张郃、徐晃忙拍马上前双战赵云，张辽保护曹操冲出烟火而去。

赵云按照诸葛亮的布置,并不追赶。

　　曹操一行人逃离了乌林,此时,天色渐亮。许褚、李典保护着众谋士共有百余骑赶到,曹操大喜,命令部下继续前进,行至葫芦口,曹操命令停下休息,烧饭充饥。

　　吃饱之后,曹操坐在一片小树林下,又仰面大笑说:"周瑜、诸葛亮他们智谋毕竟有限。换成是我,我会在这里埋伏一支人马。"正说着,只见浓烟滚滚,山口处忽然冲出一队人马来, 为首的大将正是张飞。只见张飞怒目圆睁,横矛立马,大叫道:"曹贼还不赶快下马受降!"许褚策马迎战张飞,张辽、徐晃也上前助战,曹操乘机拍马冲了出去。张飞按照诸葛亮的吩咐,也不去追赶。

　　不久曹操一行人来到一个路口,士兵向曹操报告前面有一大一小两条路,小路有好几处烟火,大路上却无动静。曹操说道:"兵书上不是说'虚中有实,实中有虚'吗?诸葛亮故意派人在山间小路上燃起烟火,使咱们以为有埋伏不敢从那里走,他肯定在大路上埋伏下兵马,等着我们。"于是便命令走小路华容道。

　　行不到几里路,曹操骑在马上又扬鞭大笑起来,说:"如果诸葛亮、周瑜在这里设下埋伏,我们这些人都要束手就擒了。"

三国演义

笑声未落，只听见前边一声炮响，从道路两边冲出五百名操刀手，当中走出威风凛凛的大将，正是关羽，曹军一见，吓得魂飞魄散，口不能言。曹操也大为震惊。谋士程昱出主意让曹操向关羽求情，曹操便以关羽过五关斩六将之事，劝其以信义为重。

关羽默然沉思了很久，心中不忍，终于勒转马头，放曹操过去。

曹操摆脱了华容之难，回头看看跟随的兵士，只剩下了二十七骑。行到南郡，只见火把齐明，一队军马拦住去路，曹操大惊。仔细一认，看清是曹仁军马，方才心安，于是引兵到南郡安歇。

第二天，曹操留下曹仁守南郡，并密授计策以保全南郡不会失守，又安排曹仁守荆州，夏侯惇守襄阳，张辽、乐进、李典三人合守合淝，自己便带人回许昌了。

关羽空手回到夏口，向诸葛亮请罪。诸葛亮叹息一声说："你定是念曹操过去的恩情，故意把他放了。你既然立了军令状，就不能不受军法处置。"于是喝令武士，把关羽推出去斩首。刘备忙给关羽求情，诸葛亮见状才饶了关羽。

　　赤壁一战东吴大胜，周瑜论功行赏，犒赏三军之后挥师南下，在南郡附近江边驻扎下来。这天正商议军情，忽听刘皇叔派孙乾前来祝贺，周瑜忙请孙乾进营，得知刘备已屯兵油江口。周瑜知道他要取南郡，便对孙乾说会当面向刘备道谢。孙乾告辞后，周瑜便和鲁肃带了三千兵马一路赶向油江口。

　　孙乾回来见刘备，说周瑜要亲自来道谢。诸葛亮笑道："他们哪里会为这点薄礼来道谢，肯定是为南郡来的。"于是对刘备嘱咐了一番。

　　周瑜来到油江口，看到刘备兵马强壮，心中很是不安。刘备、诸葛亮将他们迎到帐中，摆上酒席。席中，刘备表明欲取南郡之意，还说南

郡守卫曹仁定有妙计,周瑜无法轻取。周瑜说:"如果我取不到,那时任凭您去取。"刘备说:"您可别反悔。"周瑜说:"大丈夫一言既出,驷马难追。"又饮一杯便拉着鲁肃告辞了。

周瑜、鲁肃走后,诸葛亮将取南郡计策说给刘备,刘备大喜,只在油江口按兵不动。

周瑜回到寨中与众将商议进兵之事,并亲率大军攻向南郡。曹仁取出曹操留下的计策拆开一看,满心欢喜,着手准备迎战。

第二天,曹军分别从三座城门拥出,城墙上虚插旗帜空无一人,士兵们腰上都系着包裹。周瑜以为曹仁准备逃跑。于是让程普指挥后军,自己带了前军攻打城池。曹军败走,周瑜领兵追击,曹军并不进城,往西北方向逃去,韩当、周泰领兵追赶。

周瑜见城门大开,又无人守城,便命令士兵抢占城池。几十名骑兵先冲了进去,周瑜也骑马进了城门。陈矫在敌楼上见周瑜进城,忙命埋伏在两边的弓弩手一齐射箭,抢先进城的士兵纷纷中箭,还有的掉进陷坑中。周瑜忙掉转马头往回走,却被一箭射中左肋,翻身落马,徐盛、丁奉舍命将他救回。此时城中曹军杀了出来,曹仁也率兵打了回来,东吴兵大败。

周瑜中了毒箭,伤势不轻,需要静养,军中事务便交给程普负责。周瑜又定下诈死之计,传告全军,周瑜因箭伤发作而死,让各寨都挂孝举哀。

曹仁在城中听到诈降士兵说周瑜已死,果然前去劫寨,只留陈矫领一些士兵守城。曹仁来到寨门,发现寨内不见一人,只有虚插的旗帜,知道中计便忙退军。此时东吴军队从四面杀来,曹军大败。曹仁、曹洪杀出重围逃走,途中又被凌统、甘宁拦住大杀一阵,二人不敢回南郡,只得逃入襄阳。

周瑜、程普率军来到南郡城下,只见城内旗帜飘扬,城楼上一员大将叫道:"都督不要见怪,我奉军师之令,已经占领南郡啦。我是常山赵子龙。"周瑜大怒,下令攻城,城上乱箭射下。周瑜没办法,只好命令甘宁带兵去取荆州、凌统带兵去取襄阳，然后再取南郡。

　　周瑜正在调兵遣将，忽然有探子报告说："诸葛亮自得了南郡，就用兵符诈调荆州、襄阳部队来救南郡，却让张飞、关羽袭取了两城。"周瑜大叫一声，金疮迸裂，昏死过去，半天才苏醒过来。周瑜一时气愤难消，心有不甘，要立刻去打南郡。鲁肃劝住他，自愿去和刘备谈判，让他归还南郡。

　　鲁肃到了荆州，质问诸葛亮为何以诡计夺得南郡。诸葛亮却说："荆州、襄阳本来就不归东吴，而是刘景升的。刘景升死了，可他还有儿子，我们主公是景升之弟、公子刘琦之叔，帮他夺回荆州有什么不妥呢？"鲁肃说："公子刘琦并不在荆州，而在江夏。"诸葛亮却让人

当场把刘琦扶了出来。鲁肃无话可说，只能与诸葛亮约定等刘琦去世之后，再把荆襄九郡收归东吴。

鲁肃回去将与诸葛亮的约定告诉了周瑜，周瑜仍是愤愤不平，却也无计可施。恰在此时，孙权派人请周瑜回去相助取合淝，于是周瑜只好先将荆州之事放置一旁，回东吴去了。

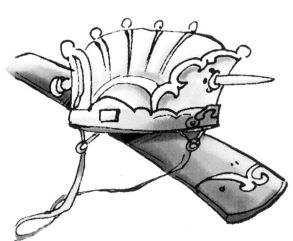

刘备自从得了荆州、南郡、襄阳,心中一直很高兴。这天,他召集众官,商量长远之计。伊籍上前献策说:"要想长久守住荆州,就应该向贤士请教。"刘备问:"贤士在哪里?"伊籍说:"荆襄马家有兄弟五人,都很有才名。其中长着白眉毛的叫马良,最为贤德。马良最小的弟弟叫马谡,字幼常,也很有学问。"

于是,刘备将马良请来,很虚心地向他请教。马良说:"荆襄是四面受敌的地方,不易镇守。将军可让公子刘琦做荆州刺史,让从前的官员管理荆州,以安定民心。然后向南去征伐武陵、长沙、桂阳、零陵四郡。这才是长远的办法。"

刘备问:"四郡当中,先攻取哪一郡好?"马良说:"湘江的西面零陵距离最近,可先去攻它,然后再攻武陵取桂阳,最后打长沙。"刘备听了很高兴,便把马良留下来,让他做自己的参谋。刘备又同诸葛亮商量,把刘琦送回襄阳,替回关羽来守荆州;随后,带上张飞、赵云,去攻打零陵。

零陵太守刘度听说刘备攻来,派儿子刘贤和大将邢道荣带一万人马迎战。在交战中,邢道荣被赵云杀死,刘贤被张飞活捉。刘度自知抵挡不住刘备,只好开门投降。刘备和诸葛亮进到零陵以后,安抚了百姓,仍叫刘度做了太守,然后派赵云率三千人马,去打桂阳。

桂阳太守赵范听说赵云带着人马来了,便要出城投降。管军校尉陈应、鲍隆两个人都是猎户出身,以为自己很有本事,便领兵出战。哪想才战四五个回合,陈应便被赵云生擒。于是,赵范捧着官印带上十几个随从,出城来到赵云大寨投降。

赵云以上宾之礼接待了赵范,收下官印后,赵云又设酒席招待他,二人还结为兄弟,赵范称赵云为兄长。

第二天,赵范请赵云进城安抚百姓,又请赵云来到府衙设宴招待他。席间,赵范请出一个女子,让她给赵云斟酒。只见那女子身穿白色衣裙,貌美如花,赵云就向赵范问道:"这是什么人?"赵范

说:"是我的嫂嫂樊氏。"赵云立即端正脸色,恭敬地对待她。樊氏斟完酒,告辞回后屋去了。赵范笑着说:"我哥哥死去三年了,嫂嫂一直在家守寡。我劝她改嫁,她说除非有人具备这三个条件,才肯嫁他:第一要文武双全,声名显赫;第二要仪表堂堂,相貌出众;第三要和哥哥同姓。今天兄长正合乎嫂嫂说的那三个条件,如果不嫌嫂嫂长得丑,我愿送上嫁妆,和兄长结亲。"

赵云听了,不由大怒,站起身来斥责道:"我和你结为兄弟,你嫂就是我嫂,怎么能够胡来!"随即冲出府门,出城去了。

赵范急忙把陈应、鲍隆找来商量办法。二人献计说:"不如先去他那里诈降,

然后太守带兵前去挑战,我们乘赵云在阵上不提防时把他捉住。"

这天夜间,陈应和鲍隆带领五百名骑兵来到赵云营寨投降。他们见了赵云,说:"赵范想用美人计来骗将军,只等将军喝醉了,杀死您,拿您的头去曹操那儿请功。我们怕受赵范连累,特来向将军投降。"赵云已经看出这两个人是假投降,找来投降的军卒一问,果然供出他们是诈降的。

赵云杀了陈应、鲍隆,叫来跟随他们的五百名兵士在前边领路,自己带一千人马跟在后边,连夜来到桂阳城,轻松地捉住赵范,然后派人去通报刘备。

刘备和诸葛亮接到赵云的消息后很快从零陵来到桂阳。诸葛亮进到府衙叫赵云把赵范带上来,问他为什么投降以后又要谋害赵云,赵范把和赵云结为兄弟,将嫂嫂许嫁给赵云却惹得赵云恼怒的经过说了一遍。诸葛亮对赵云说:"这也是件好事,子龙为什么不答应?"

赵云说:"我与赵范结为兄弟,如果娶了他嫂嫂就会遭千古唾骂,这是其一;那个女子再嫁会使她失去节操,这是其二;赵范刚刚投降,还不了解他的真心,这是其三;主公新得了荆、襄,枕席不安,我怎能为一个女子而误了国家大事,这是其四。"刘备等人听了都赞叹不已。

刘备大军自南征以来节节胜利,四郡中只有长沙尚未攻下,关羽在荆州听说刘备、赵云、张飞接连获胜,也终于忍耐不住,自请前去攻打长沙。

关羽兵到长沙,韩玄让老将黄忠出马。二人大战一百余回合之后,仍不分胜负,双方收兵。二人次日再战,又斗了五六十回合,不分胜负,两军齐声喝彩。忽然黄忠马失前蹄,摔在地下。关羽举刀大喝:"我且饶你性命,快换马来厮杀。"黄忠回城,韩玄将自己的大青马送给他,催他明日用箭射关羽。

第二天,两人交手不到三十回合,黄忠诈败而走,关羽追来。黄忠一箭射中关羽盔缨。原来黄忠射箭有百步穿杨的本领,这次只射盔缨是报前一日不杀之恩。

韩玄在城上看见大怒,黄忠一回城,韩玄大骂黄忠私通关羽,吩咐推出斩首。刚推到门外,忽然大将魏延闯进来,救下黄忠,口中大叫:"黄汉升是长沙的保障,杀黄将军就是杀长沙百姓。韩玄残暴不仁,罪该万死!"随即领众人杀了韩玄,带着百姓去投降关羽。刘备、诸葛亮入城,关羽便将黄忠之事禀告了刘备。刘备亲自去请黄忠,黄忠才投降归顺。关羽带着魏延来见,诸葛亮喝令将魏延推出斩首,刘备急忙劝住。诸葛亮指着魏延道:"你杀主献城,不忠不义。如今归顺皇叔,且饶你性命,日后如有异心,我必要取你首级。"魏延慌忙点头称是。

刘备、诸葛亮在荆州每天操练兵马,这天忽然接到报告,说公子刘琦病死了。刘备听了,非常悲痛。诸葛亮劝了一番,立即请来关羽,让他马上去了襄阳。

过了半个月，鲁肃前来吊丧。刘备和诸葛亮亲自到城外，把鲁肃接到府衙。摆上酒宴，招待鲁肃。鲁肃说："以前皇叔说过，公子如果不在就归还荆州。现在公子已经去世，不知荆州什么时候可以交还？"刘备说："子敬先饮酒，然后再商量。"鲁肃勉强饮了几杯，又提起归还荆州的事。刘备还没有回答，诸葛亮就不高兴地说："子敬好不通情理，非得让人说出来吗？我主公是中山靖王后代，现今皇上的叔父，难道刘家的天下，反倒要让给姓孙的不成？再说，刘景升是皇叔的哥哥，弟弟继承哥哥的事业，这完全合乎常理。何况赤壁之战，如果没有我借来东风，周公瑾怎么能成功？江南一破，不但二乔要被锁在铜雀台上，就是子敬等一家老小，也不能得以保全，还谈什么荆州？"

诸葛亮这番话把鲁肃说得哑口无言。

诸葛亮笑笑说："先生如果担心回去不好向吴侯说，我劝皇叔立一张文书，暂借荆州，等取得西川时，再把荆州还给东吴。这个办法行吗？"鲁肃没办法，只好同意了。

于是，刘备亲笔写了一张文书，签了字。诸葛亮是保人，也签了字。鲁肃也签了字，收了文书。

又饮了一会儿酒，鲁肃要告辞。刘备和诸葛亮亲自把他送到江边。

鲁肃辞别刘备、诸葛亮上了小船，先到柴桑去见周瑜。周瑜看了文书大怒，又急又气，说："子敬，你被诸葛亮骗了！他说取了西川便还，谁知道他什么时候去取西川，他要是十年得不到西川，就十年不还？这样的文书一点用也没有，你还给他担保，主公知道了一定会怪罪你。"周瑜让鲁肃先住下，再另想办法。

过了几天，周瑜派去荆州的探子回来报告说："刘玄德的妻子甘夫人去世了，这一两天就要举行葬礼。"周瑜听后高兴地对鲁肃说："有办法了，我要让刘备束手就擒，把荆州不费劲地拿过来。"

鲁肃问："公瑾有什么妙计？"周瑜说："刘备死了妻子，一定要再娶。我给吴侯写封信，请他派人到荆州做媒，骗刘备说把妹妹许给他，并约他到东吴来成亲。等刘备到了南徐，就把他捉起来，再让诸葛亮用荆州来换刘备。这样，子敬也就没事了。"鲁肃听了，连忙向周瑜道谢。

孙权得知荆州借给了刘备，连连埋怨鲁肃做事莽撞，直到见了周瑜的书信，这才转怒为喜，派吕范到荆州说媒。

刘备和诸葛亮商量此事。诸葛亮执意劝说刘备答应婚事，并派孙乾去见孙权，又叫来赵云，给了他三个锦囊，命他保护刘备到东吴去。

建安十四年冬十月，刘备与赵云、孙乾乘坐十只快船，带了五百人马前往南徐。到了南徐，赵云拆开锦囊看了第一条计策，依计让刘备先去见二乔之父乔国老。另一面又叫五百士兵披红挂彩，在南徐采办物品，于是人人都传言刘备要入赘东吴。

乔国老见了刘备之后，便去向吴国太道贺。吴国太大吃一惊，急找孙权询问。得知这只是一个计策后，吴国太大怒，将周瑜、孙权痛骂一顿，最后对孙权说道："你明天约刘皇叔在甘

露寺见面，不合我的意，就任凭你们行事；如果合我的意，我做主把女儿嫁给他。"孙权十分孝敬母亲，见母亲这样说只好答应。

孙权出来吩咐吕范第二天在甘露寺设下酒席，又听从吕范的提议让贾华带三百刀斧手埋伏在走廊。

第二天，刘备里面穿细甲，外面穿锦袍，赵云全身披挂，带了五百人马随行。吴国太见了刘备大喜，对乔国老说："真是我的好女婿。"

不一会儿，赵云带剑进来，告诉刘备说："刚才我在走廊下看见有刀斧手埋伏，恐怕不怀好意。"刘备闻听此言，立刻跪在吴国太席前哭着把这件事说了一遍，吴国太听后大怒，责骂了孙权一顿，埋伏着的刀斧手当即抱头鼠窜。吴国太唯恐有人加害刘备，就让刘备等人一起搬到府中住。

几天后，东吴大摆宴席，贺孙夫人与刘备成亲。刘备和孙夫人情投意合，吴国太也很喜欢他。孙权计谋失败，心中又急又恼，周瑜见弄假成真，大吃一惊，又想出一条计策。他建议孙权先安抚好刘备，让他不再想回荆州，等到他疏远了诸葛亮、关羽、张飞等人，再去攻打荆州，肯定能马到成功。

孙权听了周瑜的话，便修整东府，种上奇花异草，摆上新奇的陈设，给刘备和妹妹居住，接着又送给刘备十几个能歌善舞的美女和金玉绸缎等珍宝。刘备果然中计，一点儿也不想回荆州。

赵云见刘备来东吴已经很久了，仍不想回荆州，于是把第二个锦囊拆开看了，果然里面有条妙计。于是，赵云骗刘备说曹操要报赤壁之仇，率领精兵五十万已杀奔荆州来了，应赶快回去。刘备要和夫人商量，赵云说："如果跟夫人商量，她一定不能让您走。不如不说，今晚就走，迟了恐怕要耽误大事。"刘备说："你先回去吧，我自有办法。"赵云故意又催了几次才出去。

三国演义 SAN GUO YAN YI

刘备进去见到孙夫人,唉声叹气地流起泪来,将赵云的话说了一遍,又说道:"我要不去,恐怕荆州有差错。要去,又舍不得夫人。"孙夫人说:"我已经是您的妻子了,您到哪儿,我都跟随您。初一那天,我就说和您去江边祭祖,乘机逃走,怎么样?"刘备忙跪下道谢。刘备将计划告诉了赵云,赵云答应了。

初一那天依计行事,孙夫人去见吴国太,推说刘备想到江边遥祭祖宗,吴国太欣然答应,让两人一起去。刘备与孙夫人带上衣物,到城外与赵云会合,起程赶路。当天孙权喝醉了酒,得知这个消息时已经是第二天了。

孙权很着急,忙派陈武、潘璋带五百精兵,不分昼夜,追他们回来。两人走后,程普说:"郡主从小就刚强坚毅,她向着刘备,大家追去看到郡主,哪敢动手?"孙权听后解下自己的佩剑,叫来蒋钦、周泰说:"你们两人拿着这剑去把我妹妹和刘备的头取回来,违令者斩!"两人随后领一千人马赶来。

刘备昼夜赶路,这天快到柴桑时,被一队人马拦住去路,原来周瑜怕刘备逃走,预先派徐盛、丁奉带了三千人马在要道驻扎守候。

刘备惊慌不已,赵云想起第三个锦囊,忙拆开交给刘备。刘备看了,便来到孙夫人车前流泪说:"当初吴侯和周瑜让我与夫人成亲,其实并不是为夫人好,而是想软禁我进而夺取荆州。我仰慕夫人才冒死前来,蒙夫人不弃一同逃到这里。现在前有兵马后有追兵,还请夫人救我。如果夫人不肯,我只有死在您车前了!"

孙夫人听后大怒,叫人把车推到前边,卷起车帘喝斥徐盛、丁奉说:"你们想造反吗?"徐、丁

两人慌忙下马，扔下兵器，连声说："不敢，不敢！这都是周都督的命令，不干我们的事。"孙夫人怒极，把周瑜大骂一通，又命推车前进。徐、丁二人不敢违抗，只得放刘备他们过去。

刚走不到五六里，陈武、潘璋赶到。对徐、丁二人说了孙权的旨意，四个人合兵一处，又向前赶来。刘备见追兵又到，忙又去向孙夫人求救，孙夫人说："你先走，我跟子龙断后。"于是刘备带了三百人马，向江岸奔去。

四员将领见了孙夫人，只得下马，恭恭敬敬地问好。孙夫人喝斥说："都是你们这些人，挑拨我们兄妹关系。我已经嫁了人，又不是私奔，母亲允许我们回荆州，就是我哥哥来又能怎样，你们莫非想杀了我吗？"四人一声不敢吭，再看赵云在一边横眉怒目，只得退下。

不久，四人忽见一队人马飞驰而来，领头的是蒋钦、周泰两人。蒋钦说："吴侯把他的剑交给了我们，让我们先杀他妹妹，再杀刘备。"于是兵分两路：徐、丁二人去报告周瑜，派人从水路追赶，其余四人从陆地追赶。

刘备一行人来到江边，忽然看见江边停有二十来只船，原来是诸葛亮

在此等候。刘备见了大喜过望，急忙登上船。没过一会儿，四将赶到，却毫无办法。

刘备和诸葛亮乘船走了一会儿，忽闻江面上呐喊声一片。原来是周瑜领人赶来。诸葛亮叫人丢下船上岸赶路。周瑜等也都上岸追赶，赶到黄州地界时，关羽领一队人马杀出，周瑜惊慌失措，掉转马头，又遇黄忠、魏延两支队伍，吴兵大败。周瑜慌慌张张下到船上，岸上追赶而来的军士齐声大叫："周郎妙计安天下，赔了夫人又折兵！"周瑜大怒，自觉无颜去见孙权，突然大叫一声，金疮迸裂开来，昏倒在船上。

曹操得知刘备携妻回到荆州后大惊，华歆上表荐举刘备为荆州牧。程昱为曹操献计，让周瑜牵制刘备。曹操大喜，上奏推周瑜为南郡守，程普为江夏太守，华歆为大理寺少卿。周瑜走马上任后不久，又上书孙权，让鲁肃再去向刘备索要荆州。诸葛亮早就看穿了曹操的把戏，让刘备一见鲁肃便哭，而且哭得越伤心越好。

　　鲁肃来见刘备，刚刚说明来意，刘备就双手掩住脸哭了起来，而且越哭声越大，上气不接下气。这时诸葛亮对鲁肃说："当初借荆州的时候，我们确实答应过夺取了西川以后就交还。但益州的刘璋也是汉家宗亲，按辈分算是皇叔的弟弟。皇叔总不忍心打弟弟，可是这样荆州就没法还了，主公一想到此事就觉得十分内疚。麻烦您把我们主公的烦恼禀告吴侯，难道他就不能同情一下妹夫吗？"鲁肃听了这番话，只好点点头。

　　鲁肃回报周瑜，周瑜又气又恨，他左思右想心生一计，派鲁肃又去了荆州。鲁肃见到刘备说道："吴侯理解您的苦处，决定派周瑜率大军去替您攻打刘璋，夺下西川。希望我们的大军经过您的防区时，您能多供应一些粮草。"刘备还没答话，诸葛亮就抢先说道："非常感谢吴侯的一片好意。您放心吧，东吴大军经过的时候，我们主公一定会送去大批粮草支援的。"鲁肃以为刘备、诸葛亮中了周瑜的计，暗自高兴，辞别刘备，离开了荆州。

周瑜听说刘备、诸葛亮中计了，兴奋得不得了，立刻整顿军马，点精兵五万水陆并进直奔荆州。不久队伍到达了油江口，可是却不见刘备的人在此劳军，才知计谋被识破，这时探子来报："关羽、张飞、黄忠、魏延各领一队人马从四面杀来。周瑜只觉怒火攻心，在马上大叫一声，口喷鲜血，一头栽倒在地上。众将士立刻救起周瑜，往岸边撤退，但没走多远就有人送来一封信，正是诸葛亮写的，信上大意是说："益州地势险要，易守难攻，都督带兵远征劳师动众，若曹操趁大军远征之时南下江东，东吴就危险了。我不忍心看着都督功败垂成，遗恨千古，因此专程写信告知。"

周瑜读完信气得头晕目眩，仰天长叹，叫左右取来纸笔，给孙权写了一封信，又把众将召集到跟前，嘱咐各位辅佐吴侯，共成大业！说完又昏死过去。等他慢慢苏醒过来时，仰天长叹道："既生瑜，何生亮？"连叫数声，终于合上了眼睛，终年三十六岁。

众将急忙派人把周瑜的遗书送给孙权。孙权得知周瑜死讯放声大哭,打开遗书来看,原来是周瑜推荐鲁肃代替他。于是孙权任命鲁肃为都督统率兵马,并让他立即去巴丘,接周瑜灵柩回柴桑。

周瑜病死的消息传到荆州,诸葛亮让赵云率领五百名军卒跟随,带上祭礼乘船顺江而下。到了柴桑,鲁肃亲自出来迎接。周瑜部下将领都想杀死诸葛亮为都督报仇,但是见赵云带着宝剑紧随在诸葛亮身后,便不敢动手。

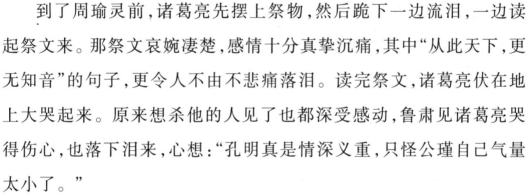

到了周瑜灵前,诸葛亮先摆上祭物,然后跪下一边流泪,一边读起祭文来。那祭文哀婉凄楚,感情十分真挚沉痛,其中"从此天下,更无知音"的句子,更令人不由不悲痛落泪。读完祭文,诸葛亮伏在地上大哭起来。原来想杀他的人见了也都深受感动,鲁肃见诸葛亮哭得伤心,也落下泪来,心想:"孔明真是情深义重,只怪公瑾自己气量太小了。"

诸葛亮祭完周瑜,鲁肃设宴,热情款待了他。吃完饭,诸葛亮辞别鲁肃,和赵云返回。到了江边刚要上船,忽然一人上前拽住诸葛亮,大笑着说:"你气死周郎又来吊丧,真欺负东吴没人啦。"诸葛亮一惊,急忙看那人,原来是凤雏先生庞统,于是大笑,两人拉着手上了船,互相谈起心事。分别时诸葛亮给庞统写了一封推荐信,劝他来荆州投奔刘备,庞统听了谢过他,两人告别后,诸葛亮回荆州去了。

三国演义

第三十七回

刘备不识真贤士　凤雏醉卧耒阳县

　　鲁肃安葬好周瑜后来拜见孙权，说自己并不称职，愿举荐一个人。

孙权忙问这人姓名。鲁肃说："他是襄阳人，姓庞，名统，字士元，道号

凤雏先生。"孙权很高兴。

　　于是鲁肃把庞统请来见孙权。行过礼，孙权见这人面貌古怪，心中很不高兴，就对庞统说："您先请回吧，等用到先生的时候，我再去相请。"庞统听了，叹口气便出去了。

　　鲁肃说："主公为什么不任用庞士元呢？"孙权说："这人只会说大话，没什么才学，我是不会用他的。"

　　鲁肃出来对庞统说："我一心举荐先生，只是吴侯不肯任用您。您不如到荆州去投靠刘皇叔，他肯定会重用您。"庞统说："我心里也是这样想。"鲁肃说："我这就写信向刘皇叔推荐您。您辅佐刘皇叔，一定要让孙、刘两家团结一致，共同抗击曹操。"鲁肃写了信给他，庞统收好，到荆州来见刘备。

　　刘备看到庞统相貌丑陋，心中也不喜欢庞统。庞统故意没有把鲁肃、诸葛亮写的推荐信拿出来，只是说："我听说皇叔招贤纳士，所以来投奔您。"刘备说:"荆楚地方刚刚平定下来,没有什么空缺的官职。只有耒阳县缺一个县令,请您委屈一下,先去那儿上任吧。"庞统想用自己的才学来打动刘备,可是诸葛亮恰好外出巡视不在,只好辞别刘备,到耒阳上任去了。

庞统来到耒阳后不问政事,整天饮酒为乐。有人把这个情况报告了刘备。刘备生气地叫来张飞,吩咐他说:"你到各县巡视,如果有官吏不认真办事、不遵守法度,你可以就地治罪。"

张飞接受了命令,来到耒阳县,到县衙正厅坐好,传令叫县令来见他。庞统衣冠不整,一身酒气踉踉跄跄地走出来坐下。张飞质问他为何不理政事,庞统说:"这方圆百里的小城和那么一点儿公事,有什么难处理的!"于是马上叫来县吏,把这一百天积压的公事都拿来回报。

庞统一边听一边发落,公正严明,百姓都叩头服从他的判决。不到半天,他就把一百多天的公事都处理完了。张飞大吃一惊,走下座位道歉说:"先生有这样的才干,我一定在哥哥面前竭力推荐您。"庞统这才把鲁肃写的推荐信拿给张飞看。

张飞回去复命,对刘备详细地说了庞统的才华,刘备大惊说:"我屈待了贤士,是我的过错啊!"随即又派张飞接回了庞统。

刘备原就有了诸葛亮的辅佐,现今又得到了庞统,真是如虎添翼。他将庞统奉若上宾,并拜他为副军师、中郎将,对他言听计从,还将的卢马送给他。而庞统也因投到了贤主,对刘备心怀感激,自是尽力辅佐,与诸葛亮一起操练兵马准备征伐。

曹操听说周瑜病逝，准备派兵攻打东吴。

在北方，曹操唯一担心的就是西凉马腾。于是曹操设计杀了马腾及其两个儿子马休、马铁，马腾的侄儿马岱拼死逃回西凉。

曹操杀了马腾，便要进兵江东，孙权急忙向刘备求救。诸葛亮让刘备写信联络马腾的另一个儿子马超，让马超兴兵攻打曹操。马超此时已得知父亲被害，又得了刘备书信，便急忙发兵。西凉太守韩遂也起兵相助。

马超率兵夺了长安，随后又夺了潼关。

曹操见潼关失守，亲率大军来到潼关，纵马出阵向马超喊道："你是汉朝名将子孙，为何造反？"马超大骂："老贼，你欺辱君主，害我父亲，我与你有不共戴

天之仇！"说完挺枪直杀过来。于禁出来迎战，斗了八九回合，不敌败走。张郃又出迎，打了二十回合也败走了。马超将枪一一指招，西凉兵蜂拥而至，曹军大败。马超、庞德、马岱引兵直入中军来捉曹操。

曹操在乱军中，只听见西凉兵大叫："穿红袍的是曹操！"于是急忙脱下红袍。又听得有人大叫："长胡子的是曹操！"曹操一惊，又用佩刀割掉长须。西凉兵见了又叫道："短胡子的是曹操！"曹操便扯下旗角包住下巴策马狂奔而逃。

曹操正逃命，忽听后面一骑赶来，回头一看竟是马超。左右将士见马超赶来，都各自逃命。马超厉声叫道："曹贼休走！"曹操惊得马鞭都掉到了地上。马超从后面挺枪刺来，曹操绕树躲过，马超一枪正刺在树上。等他拔出枪时，曹操已经逃远了。马超想要再追，却遇上曹洪、夏侯渊，他们拼死阻拦，马超怕寡不敌众，拨马回营。

曹操回寨坚守不出。几日后，曹操派徐晃领兵来渡渭河。马超趁曹操渡河之时率兵来攻，许褚连忙背起曹操跳上船。马超赶到河边，命军士放箭，接连射倒船中数十人，小船无人掌舵旋转不稳。许褚便一手举马鞍护住曹操，一手使篙撑船，两腿夹着船舵，摇向对岸。

马超见了韩遂，叹道："差点儿捉住曹操，可惜却被一员大将将他救下船去。"韩遂道："那人一定是许褚，人称'虎痴'，勇力过人，你今后见了可不要轻敌啊！"

自从曹操抢渡渭河被马超截杀之后，西凉大军与曹军便一直在河边久持不下。

这日，曹军击鼓进兵。曹操独自乘马出了营寨，只有许褚跟随在身后。马超乘马挺枪出阵，想要冲上去活捉曹操，忽然看见曹操背后站着一个人，横眉怒目，手提钢刀，马超知道他就是许褚，见他威风凛凛，不敢轻举妄动，勒马回去。曹操也领兵回去。许褚回去后派人下战书,约了第二天和马超单独决战。二人战了一百多个回合不分胜负。

曹操怕许褚有什么闪失,就让夏侯渊、曹洪一齐上去夹攻。庞德、马岱一见,也领了人马直冲过来,曹军大乱,许褚手臂上中了两箭,众将连忙退回寨中。

曹操料想马超只可智取不可力敌,便定下计策挑拨韩遂与马超的关系。

曹操谋士贾诩献计说:"丞相可以亲笔写一封信给韩遂,中间写一些含糊的话,在关键地方涂涂改改。马超肯定会要信看,看见上面有涂改就会对韩遂产生猜疑。我再暗中与韩遂部下联系,挑拨离间。马超就好对付了。"曹操大喜,依计行事。马超果然中计,怀疑韩遂与曹操暗中勾结。

韩遂找来手下将领商议如何解释这件事,杨秋说:"不如投降曹公,以后还能封侯。"韩遂于是派杨秋带了密函来见曹操。曹操大喜,许诺封韩遂为西凉侯,杨秋为西凉太守,约定以放火为号,一起活捉马超。

韩遂忙着手准备,没想到马超早已探听到了此事,他偷偷来到韩遂帐中,正看见韩遂和手下密谋。马超大怒,挥剑向韩遂砍去,韩遂慌乱中用手来挡,左手被砍落。马超跳出帐外,一人力敌五将,杀了马玩、梁兴后,转身再去找韩遂,但韩遂早被手下救走了。

这时帐后燃起大火,各营士兵一起出动。马超连忙上马,庞德、马岱赶到接应,随马超杀出,不料又遇上曹操四路大军夹击。马超等不敌,朝西北方向逃去。曹操听说马

超逃了,下令捉拿,不论杀死还是生擒都重重有赏,于是曹军个个奋勇争先。马超顾不上人困马乏,与庞德、马岱落荒而逃。

曹操战胜了马超大军,进一步巩固了在北方的势力。他留下夏侯渊驻守长安,下令班师返回许都。

曹操打败了马超,直接威胁到了汉中。汉宁太守张鲁闻听此事忧心忡忡,决定夺下益州来对抗曹操。

益州牧刘璋,字季玉,是汉鲁恭王的后代,性情懦弱。他听说张鲁要兴兵进犯,十分担忧,忙派手下张松带着礼物去曹操那里求援。哪知曹操见张松面貌丑陋,又出言顶撞自己,大怒,将他赶了出去。

张松在刘璋面前说了大话,现在狼狈而回怕被蜀中人耻笑,于是决定绕道去荆州,试探一下刘备。刘备听说后,带诸葛亮、庞统、关羽、赵云等亲自迎接,并一连留他宴饮三天,但并不提起益州的事。

张松要回益州,刘备在十里长亭设宴送别。张松见刘备如此礼贤下士,十分感动,便劝说刘备吞并西川,并献上自己所画的西川地图,又推荐了自己的两位朋友:法正、孟达。刘备向他道谢,让关羽等把张松一直送出几十里之外。

张松回到益州，和法正、孟达一起游说刘璋把刘备请来抵抗曹操、张鲁。刘璋听了很高兴，写信邀请刘备入西川。刘备让诸葛亮、关羽、张飞、赵云留守荆州，自己带了庞统、黄忠、魏延前往西川。

东吴孙权听说刘备带人马进西川去了，忙召集文武官员商议。顾雍说："刘备远去西川，一时不容易回来。可派一队人马堵住川口，截断他的退路，然后调动全部兵马一举把荆、襄夺回来。"孙权大喜。正商量间，忽见吴国太从屏风后转出来，喝道："出这个计策的人该杀。你们想害死我的女儿不成？"孙权见吴国太发怒，只好连声说"不敢"。

吴国太走了以后，张昭给孙权出主意说："这事好办。主公可以派一名可靠将领给郡主送去一封密信，说国太病危想见女儿。刘备只有一个儿子阿斗，叫郡主一起带来。到了东吴以后，刘备一定会用荆州来换阿斗。"孙权听了很高兴，想到身边的周善艺高胆大，便将写好的密信交给了他。

周善让五百名军士扮做商人，分乘五条船，来到荆州。船靠岸以后，周善自己进城，偷偷来见孙夫人，孙夫人看过信后不由得大哭起来。周善说："国太病情很重，日夜想念郡主，叫郡主带上阿斗，快回去见一面。如果回去晚了，恐怕就见不到了。"

孙夫人说："皇叔带兵去西川了，我今天回江东，要告诉军师一声才行。"周善说："如果军师阻拦怎么办？"孙夫人说："要是不辞而别，恐怕会有阻挡。"周善又劝道："江边已经准备好船只了，夫人快上车出城吧！"

孙夫人因为母亲病危，心里着急，便听了周善的主意，抱着阿斗带上三十多个随从，起程回东吴。

赵云、张飞得知消息后，忙带人追赶，夺回了少主阿斗。孙夫人独自回江东去了。诸葛亮见二人夺回了阿斗这才松了口气，又写信将此事告诉了刘备。

刘备率兵到了西川后对刘璋鼎力相助，但好景不长，二人终因各怀心思起了争执。刘备离开守地葭萌关挥师南下，想借机打下益州。然而进军途中军师庞统不幸在落凤坡中了埋伏，被乱箭射死。刘备十分悲痛，退守潼关，写了一封信让关平送往荆州，请诸葛亮前来相助。

诸葛亮看了信，知道庞统被乱箭射死，痛哭不止，众官也都流下泪来。关羽问道："荆州是重要的地方，如果军师走了，谁来镇守？"诸葛亮说："主公派关平送信来，意思就是想让云长担当重任。但此事责任重大，您一定要努力啊。"关羽痛快地答应下来。诸葛亮不放心，又问他："如果曹操领兵来打，该怎么办？"关羽说："用武力抵抗。"诸葛亮又问："如果曹操、孙权同时攻打，怎么办？"关羽说："分兵抵抗。"诸葛亮说："要真是这样的话，荆州就危险了。我有八个字，将军要牢牢记住。"关羽问："哪八个字？"诸葛亮说："北拒曹操，东和孙权。"然后自己率张飞、赵云等前往西川。

诸葛亮让张飞率一万人马走旱路，直奔雒城，自己与赵云率一万五千人马沿江而上。张飞设计，生擒了武艺高强的巴郡太守严颜，又杀入巴郡，安抚了百姓，喝令严颜认罪投降。严颜全无惧色，毅然地说："只有断头将军，没有投降将军！"张飞大怒，下令要手下斩了他，严颜听后仍面不改色。张飞见了，立即高兴起来，他走下台阶，亲自给严颜松绑，把他扶到正中座位上，低头便拜，说："老将军真是英雄，刚才说话冒犯了您，您别见怪。"严颜感念他的恩义，就投降了。

于是两人率军顺利到达雒城，竟比诸葛亮等人早到一天。诸葛亮非常吃惊，一问才知道张飞也会用计了，很是高兴。

刘备、诸葛亮两军会合，正要去攻打益州，忽然接到报信说张鲁派马超来打葭萌关，刘备只好带着张飞前去救援。

三国演义

SAN GUO YAN YI

原来马超被曹操打败，无处可去，只好投奔了张鲁。刘璋向张鲁求救，许诺以二十个州为酬谢，张鲁便派了马超攻打葭萌关。

张飞银甲白袍出战马超。二人停停斗斗一直战到天黑，不分胜负。

第二天，张飞又想出关和马超决战，诸葛亮说："马超是当世虎将，如果和翼德死战，必有一伤。我可用条小计，让马超归降主公。"刘备大喜。只听诸葛亮说道："张鲁手下有一个谋士叫杨松，十分贪财，我们送些金银财宝贿赂他，让他离间张鲁和马超，再派人去汉中散布流言说马超谋反，张鲁定会派兵提防。等马超进退两难时，再派人去游说马超，他定会投降。"刘备听了很高兴，便依计行事，果然奏效。

刘备得到马超、马岱兄弟，力量更加强大。此后不久刘璋也投降了刘备，刘备终于得到了西川。

孙权听说刘备取得了西川，便想要回荆州，然而此时刘备力量大增，东吴出兵征讨弊大于利，而刘备那边又决不会轻易归还荆州，于是孙权将诸葛亮的哥哥诸葛瑾一家监禁在府中，同时打发诸葛瑾去西川要荆州。

几天后，刘备听说诸葛瑾到了成都的消息，急忙请诸葛亮前来商议，问道："你哥哥这次来干什么？"诸葛亮说："来索要荆州的。"刘备忙问："那该怎么办？"诸葛亮笑了笑，凑近刘备的耳朵低声细语了几句，刘备听后放下心来。

诸葛亮出城迎接兄长，把诸葛瑾带去见刘备，诸葛瑾呈上孙权写给刘备的信件。刘备看完后，大怒道："这个孙权全无信义，我决不归还荆州。"诸葛亮见此，立即跪在地上，哭着说："望主公看在孔明的薄面上，将荆州归还东吴，保我全家，孔明感恩不尽！"刘备仍毫不动摇，诸葛亮也就哭泣不止。

　　刘备只得答应说："看在军师面上，可将荆州的长沙、零陵、桂阳三郡归还东吴。由我二弟云长负责交割。"刘备随即修书一封交给诸葛瑾。

　　诸葛瑾得了刘备的信件，直接来到了荆州。关羽将他请入大堂，以贵宾之礼相待。诸葛瑾请求关羽立即割让三郡。关羽脸色一变，说道："我与兄长桃园结义为的是共扶汉室。荆州是大汉疆土，怎么可以私自让人，我不能照办。"

　　诸葛瑾无奈，只得回到东吴将实情告与孙权，孙权听后大怒，鲁肃说道："我已将队伍驻扎在陆口，可派人去请关羽前来赴宴。如果他肯来，我便好言劝他归还荆州，他若不听，便将他杀死；如果他不肯来，我们就进兵荆州，一决胜负。"孙权随即命鲁肃立即照此行事。

　　关羽答应赴宴，关平苦苦相劝。关羽笑着说："这是邀我去赴'鸿门宴'，我儿不必多虑，为父在千军万马之中尚且不惧，如入无人之境，难道还怕这群江东鼠辈吗？"关羽又命关平选快船十只，水军五百，隐藏在江边，到时以红旗为号，过江接应。

　　鲁肃在亭后埋伏下五十名刀斧手，又令吕蒙、甘宁各领一军埋伏在岸边，以防关羽领兵前来。第二天，就见江

面驶来一只小船，红旗上写着大大的"关"字。关羽坐在船上，周仓捧着青龙偃月刀侍立在旁。鲁肃看后惊疑不已，亲自到岸边将关羽接入临江亭内。酒宴之上关羽谈笑自如，神色如常，绝口不提荆州一事，鲁肃急道："刘皇叔背信弃义，得了西川却不还荆州，难道不怕天下人耻笑吗？"关羽还没来得及回答，站在他身后的周仓却厉声说道："天下土地怎能让你们东吴独

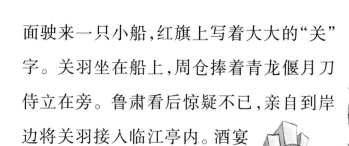

占？"关羽脸色一沉，站起身来从周仓手里夺过青龙偃月刀，责怪道："我们所议的是朝中之事，你怎敢随意插话，还不快快退下！"

周仓会意，来到岸边将红旗一招。关平看到信号，立刻下令让船队驶向江东。这时关羽右手提刀，左手挽住鲁肃胳膊，假装喝醉告辞。鲁肃吓得魂不附体，被关羽一直拉到江边。吕蒙、甘宁等人怕关羽伤着鲁肃不敢妄动，眼睁睁地看着关羽跳上船告别了鲁肃离岸而去。

曹操见刘备势力日益壮大，便想消灭刘备。夏侯惇提议说应先打汉中张鲁，再去取益州。曹操亲自率军西征。

曹操下令任命夏侯渊、张郃为前部先锋；曹仁、夏侯惇为后援，押运粮草；曹操率领诸将居中，由此兵分三路，一路上浩浩荡荡杀向汉中。张鲁得到消息，急忙找弟弟张卫商议对策，决定在阳平关的险峻处抵抗曹军。

第一次交锋时曹操大败而归，曹操便命大军闭寨不出，但每天都

派人秘密了解阳平关的地形、道路等,因此并不急于攻打。两个月后曹兵打探到一条小路,曹操便暗中命夏侯渊、张郃各率兵马,沿小路绕到阳平关的后面作为接应,并故意下令班师骗过张鲁。结果张鲁大败,丢了阳平关。

张鲁惶恐不已,令手下猛将庞德出战,庞德武艺超群,勇猛过人,连败曹军四员大将。曹操赏识庞德的武艺才华,就使出"反间计",让庞德归降了自己,占有了汉中地区。

刘备得知曹操平定了汉中,料想他紧接着会来攻打西川,急忙召

来诸葛亮商议。诸葛亮建议将荆州三郡归还东吴，然后劝说东吴出兵攻打合淝，迫使曹操撤回兵力，这样便可解西川之危。

　　孙权派人收取了荆州三郡，立即调集各路人马亲自领兵出征，杀向合淝，却遭惨败，只得下令收兵回东吴。不久孙权又整顿人马，决定水陆并进，再战曹军。曹操命大将曹洪镇守汉中，命夏侯渊守汉中定军山隘口，张郃守蒙头岩等隘口，其余人马全调去抵御孙权大军。张郃率军攻打张飞、雷铜把守的巴西，结果大败，于是逃到宕渠山，坚守不出。

　　张飞每天都在山下叫骂挑战，如此相持近一个月后，张飞每日坐在帐中饮酒，大醉而眠。刘备知道了，担心张飞因酒误事，诸葛亮反而劝刘备派人再给张飞送些美酒，并说张飞是在用计破敌。刘备仍不放心，于是令魏延前去助阵。

　　张郃在山上得知张飞每日在山下营寨之中饮酒取乐，果然中计。当晚带人杀进张飞帐中，却中了埋伏。这时山上曹营大火骤起，张郃知道大势已去，只得往瓦口关逃去。

　　张飞乘势出击攻打瓦口关，但谷口狭窄，兵马行动不便，毫无结果。张飞便下令退兵二十里，自己和魏延带领数十人马前往探察路径。张飞等人正走着，忽见几个逃难的百姓从山间小路走来，打听之下终于得知有一条小路直通瓦口关背后。张飞非常高兴，命魏延领兵到关前假装进攻，自己带五百轻骑从小路去攻打瓦口关背后。

　　此时张郃正坐在帐中苦想对策，烦闷不已，忽然听得报告说魏延领兵在关下攻打。张郃二话不说提枪上马就要下山应战，这时又有军士回报说关后四五处地方起火，又有一队人马攻来。张郃一面命守关将士加强戒备，一面亲自领兵向关后迎去。张飞与魏延前后夹击，一场厮杀之后，瓦口关终于被张飞占领了。

　　张郃丢了瓦口关，曹洪一气之下要将他斩首，众将都为张郃求情，曹洪这才饶了他，命他攻打葭萌关戴罪立功。

　　刘备听说后，就与众将商量。诸葛亮派老将黄忠、严颜出战。

　　黄忠、严颜到了关上，守将孟达、霍峻见了二人埋怨诸葛亮用人不当。黄忠对严颜说："你看出来没有？他们都笑我们年老，我们偏要立下奇功，让他们看看。"于是与严颜商议好计策。这天黄忠引军出关与张郃对阵，二人打了快二十个回合，曹军忽听背后喊声响起。原来是严颜从小路包抄到张郃军队后面与黄忠前后夹攻张郃。张郃大惊之下只好退兵八九十里。

172

曹洪听说张郃又败一阵，便派夏侯尚、韩浩去帮助张郃。黄忠与严颜商议破敌办法，严颜说："附近有一座山叫天荡山，曹军粮草都屯积在那儿，只要攻下那山，切断他们的粮草就可以拿下汉中了。"黄忠一听很高兴，便吩咐了严颜一番。严颜领军去了。

不久夏侯尚、韩浩领军赶到对抗黄忠。黄忠故意屡战屡败，一直败退到葭萌关上。

这天晚上二更时分，黄忠带了五千人马开关直冲出来。夏侯尚、韩浩接连获胜，大意轻敌毫无防范。到了天亮时，黄忠已夺回三处寨子，缴获了大量兵器、粮草和马匹。黄忠一鼓作气领兵前进，一直追杀到汉水边上。

张郃找到夏侯尚、韩浩商议说："天荡山屯积粮草，连着屯粮的米仓山，决不能再失守了。"夏侯尚说："我哥哥夏侯德镇守天荡山，我们可以去投奔他，一同把守此山。"于是三人连夜到了天荡山，刚见过夏侯德，忽有探子报告说黄忠兵马来了。韩浩带三千精兵迎战黄忠。只一个回合，韩浩就被黄忠砍下马来。蜀兵趁势喊着冲上山，张郃、夏侯尚急忙领兵前来迎敌。这时忽听山后喊声大作，火光冲天，夏侯德领兵去救火，却被严颜一刀斩下马来。原来严颜早就在山后偏僻的地方埋伏，等黄忠兵马一到，就放起火来，前后夹攻。张郃、夏侯尚抵挡不住只得丢下天荡山，到定军山投奔夏侯渊去了。

刘备得到捷报,决定率大军亲自出马夺取汉中。曹操立刻亲率大军来迎敌。此时夏侯渊驻守定军山,一心想要捉住黄忠,便派夏侯尚去迎战黄忠,并且下令只许输不许赢,想用计策赢过黄忠。

黄忠和法正屯兵在定军山口,几次挑战,夏侯渊都不出来。这一日忽然有人来报,说有曹军前来叫阵,蜀军偏将陈式主动请战,于是黄忠便令他带了一千人马,出去与夏侯尚交锋,不料却被生擒。

黄忠得到消息后急忙与法正商量,法正说:"夏侯渊为人急躁,我们可激励士兵,让他们拔寨前进,步步紧逼,引出夏侯渊活捉他。"黄忠依计行事。夏侯渊果然忍耐不住,派夏侯尚出去迎战,夏侯尚却被黄忠活捉了。夏侯渊听说此事,忙派人到黄忠寨上,说愿用陈式换回夏侯尚。黄忠答应了。

黄忠与法正先取了定军山西边的高山,黄忠趁势夺了定军山,张郃败走,并把情况报告给曹操。曹操听说夏侯渊死了,十分悲痛,便亲自率大军前来报仇。

黄忠这次又打了胜仗,刘备加封黄忠为征西大将军,并设宴为他庆功。席上,黄忠听说曹操在米仓山屯积粮食,主动要求去烧粮,诸葛亮便让他同赵云一起领军前去。

黄忠前去烧粮,不巧张郃领兵赶到,不久徐晃又带兵前来支援,把黄忠和副将张著围住。

赵云在营中,一直等到午时仍不见黄忠回来,急忙领三千人马前去接应。走之前他交代副将张翼准备好弓弩,坚守营寨。赵云带兵一路赶去,连杀慕容烈、焦炳二将,冲破重重阻挡救出黄忠、张著。曹操见了,亲自率将士来追赵云。此时赵云早已杀回自己寨中,他喝令手下士兵大开寨门,准备好弓箭偃旗息鼓,自己则单枪匹马,站在营门前。

曹军赶来,见赵云威风凛凛一动不动,吓得转身就跑。赵云把枪一指,伏兵弓弩齐发,曹军慌忙奔逃自相践踏,死伤无数,一直退到汉水

边，不少人掉进水中淹死。赵云、黄忠领兵追赶，刘封、孟达放火烧了米仓山粮草。赵云、黄忠夺了曹寨，得到无数粮草、马匹，大获全胜。

刘备和诸葛亮来到汉水，听士兵把情况说了一遍，都赞叹不已。刘备对诸葛亮感叹道："子龙浑身是胆啊！"

曹操在汉中连吃败仗,只得放弃汉中,刘备做了汉中王,与吴、魏形成三足鼎立之势。

刘备在汉中称王的消息传到许都,曹操大怒。朝臣司马懿提议派人去东吴游说孙权起兵攻打荆州,然后自己再起兵攻汉川,两边夹击刘备。曹操听了大喜,便派人去联合孙权。

刘备听说这个消息,忙找诸葛亮商议。诸葛亮说:"可派人去荆州,让云长起兵攻下樊城,这样敌人就不敢轻举妄动了。"于是刘备封关羽、张飞、赵云、马超和黄忠为"五虎将",并派关羽攻打樊城。

曹仁得知关羽大军杀来便写信向曹操求救,曹操派于禁前去支援,而此时庞德主动请战,于禁说:"庞德从前的主子马超现在做了刘备的五虎上将,他哥哥庞柔也是西川官员。他能靠得住

吗？您还是报告魏王换其他人吧。"庞德听了，跪下磕头，直磕得血流满面，对曹操说道："我自从投靠了您，一直感念您的恩德，愿以死相报。怎么会生二心呢，请您明察。"曹操扶起庞德，安慰他说："我一向知道你忠心耿耿，你去了要努力建功，不要辜负了我。"

庞德回到家中叫人做了一口棺材。第二天，他设宴款待亲友，宴会上庞德发誓要与关羽死战到底，不让棺材空着回来。临行前他又激励部下与关羽决一死战。曹操听了，高兴地说："庞德如此忠勇，我不必再担忧了。"

关羽听说于禁率七支精兵杀到，先锋庞德还抬来一口棺材，不由大怒，亲自来战庞德。两人大战一百多回合仍难分难解。庞德见关羽武艺高强，觉得难以取胜，便假装用拖刀计引关羽上当，暗地里挂住刀，开弓搭箭朝关羽射来。关羽躲闪不及，正中左臂。关平忙上前救回关羽。关羽回营拔了箭头，敷上金疮药，便立刻要再战庞德来报一箭之仇，众将拼命劝阻，一连十几天任凭庞德叫阵，关羽只是坚守不出。

半个多月后，关羽箭伤愈合。这一天收到探子报告，说于禁把七支军队移到樊城北边安下营寨，关羽于是亲自上到高处察看。只见樊城城上旗帜散乱，军士慌张，魏军兵马都驻扎在城北十里的山谷中，再一看襄江，只见水势湍急波涛滚滚。关羽看了一会儿，计上心头。

当时正是八月，大雨连日不停。关羽让人预备船筏，收拾好水具。关平不解追问原因，关羽说："你有所不知。于禁将队伍驻扎在狭窄低洼之处。现在秋雨连绵，襄江水涨。我已经派人堵住各处水口，等涨水后，我们只要放水一淹，樊城山谷里的曹兵就都成了鱼鳖了。"关平听了十分佩服。

魏军驻扎在山谷，副将成何见大雨不止心中担忧，来见于禁说："大军驻扎在水口，地势太低，虽然有土山，但离营地太远了。现在秋雨连绵，荆州军马已移到高处，而且备好了船筏。一旦江水上涨，我们就危险了。"于禁呵斥说："休要胡说，你这是扰乱军心，再有胡说的

三国演义

SAN GUO YAN YI

三国演义

177

人，我一定推出去斩了！"成何满脸羞愧，退了下去。

这天晚上风疾雨骤，大水从四面八方向曹军涌来，士兵们惊慌失措，四处逃窜，被卷进水中的将士不计其数。平地积水涨到一丈多高，于禁走投无路，只得向关羽投降。庞德拼死力战，却被周仓活捉。这一仗关羽水淹七军，大获全胜，威名远扬，魏兵从此对关羽更是忌惮三分。关羽回营，将于禁押回荆州大牢，又斩了庞德。庞德毫无惧色，慷慨赴刑，关羽怜惜他，把他好好埋葬了。

关羽自从捉于禁等魏将之后，威震天下，人人敬佩，关羽见胜败已分，局势已定，便让小儿子关兴带上将领们立功的文书，去成都见汉中王报功。关兴拜别了父亲，往成都去了。

关羽亲率士兵四面围攻樊城。曹仁在敌楼上看到关羽身上只披了掩心甲，斜穿绿袍，就赶快命令五百弓弩手一齐放箭。关羽躲闪不及，右臂上中了一箭，翻身掉下马来。

关平把关羽救回寨中，拔出箭来，发现箭头有毒药，毒已侵入骨头，右臂青肿，不能用力。关平心中焦急，与众将商议想暂时退回荆州。关羽在帐中，脸上看不出一点痛苦的表情，见了众人问道："你们来有什么

事？"大家回答说："您右臂受伤，我们怕您迎敌打仗时不方便。大家商量着不如先回荆州治疗。"关羽生气地说："攻下樊城重在眼前几天。如果成功，就可以长驱直入，杀到许都，消灭曹操老贼，保卫汉室平安。怎能因为我这区区小伤而误了大事？你们竟敢扰乱军心！"关平等无话可说，只好退下。众将见关羽不肯退兵，箭伤又好不了，只好四处寻访名医。这天，有一人从江东驾一条小船而来，直到寨前。

只见这人头戴方巾，身穿宽衣，手臂上挽着一个黄色包袱。他自我介绍说是沛国谯郡人，姓华，名佗，字元化，因久闻关羽大名，听说关羽不久前中了毒箭，特地前来医治。关平说："您莫不是从前医治东吴周泰的那个人吗？"华佗说："是我。"关平大喜，连忙带华佗去见关羽。

关羽正在和马良下棋，听说有医生来了，便将他请进来。华佗察看了关羽的伤口说："这是弩箭伤的。箭头上有乌头毒药，一直透进了骨头中，如果不尽早治疗，恐怕手臂会残废。"关羽说："如何治疗呢？"华佗说："需要刮骨去毒，就是不知您有没有这个胆量。"关羽笑道："这不难。"说着叫人摆上酒席款待华佗。

关羽喝了几杯酒后，一面仍然和马良下棋，一面伸出手臂让华佗割开。华佗手里拿着尖刀，让一个小兵捧着一个大盆在关羽手臂下接血。他先用刀割开皮肉，一直割到骨头。只见骨头上已经发青了。华佗便用刀刮骨头。帐内帐外的人见了无不变色，而关羽却一边喝酒吃肉，

一边下棋，若无其事。不一会儿，血已经装满了整个盆子。

　　华佗把关羽骨头上的毒都刮干净了，敷上药，又用线缝好。关羽大笑着站起身来，说道："这手臂又能伸展自如了，先生真是神医啊！"华佗说："我一生行医，从未见过您这样的人，将军真是神将啊！"说完留下一贴药，未取诊金就告辞了。

　　关羽捉于禁、斩庞德，威名大震。消息传到许都，曹操大吃一惊，心中十分忧虑。司马懿建议游说东吴，许诺成功以后，割江南地区送给孙权，便可解樊城之危。

　　曹操一面派人到东吴去游说，一面又拨了五万精兵，封徐晃为大将，吕建为副将，前往阳陵坡驻扎。只待江东有回应，便率兵出战。

第四十三回

吕子明白衣渡长江　关云长大意失荆州

孙权接到曹操的书信，大为高兴，便答应了曹操。他召集手下文武百官商议此事时，张昭却站出来反对，认为关羽大军现在威名大震，士气正旺，况且曹操为人反复无常，同他结盟未必有益。

孙权正犹豫时，忽然有人禀报："吕蒙将军从陆口赶来，有要事向您禀报。"孙权命人请吕蒙进来相问，吕蒙说："主公，现在关云长领兵包围樊城，我想趁他北上之时趁机夺取荆州。"

孙权不露声色，故意说："我想往北去夺取徐州，你看如何啊？"吕蒙道："现在曹操正在许都为关羽烦恼，没有时间来顾及徐州，徐州守兵又很少，现在攻打一定可以成功。但是徐州地势利于陆战，不利于水战，纵然打下来了，也难以守卫。不如先攻占荆州，控制了长江流域，再图发展。"孙权面露笑容，说："我本就想打荆州，刚才说的话只不过是试试你罢了。此事交给你负责，我很快就会起兵的。"

吕蒙辞别了孙权，回到陆口。不久就有探马回报："荆州附近的江面上每隔二十里或三十里，地势高的地方都有烽火台日夜守望。"吕蒙大吃一惊，心中发愁，无计可施，最后干脆装起病来，闭门不出。孙权听说吕蒙患病，请陆逊前去试探。

陆逊连夜赶到陆口寨，见到吕蒙，寒暄了一番后，问道："主公把重任托付给将军，将军为何不赶快行动，却在这里发愁养病呢？"吕蒙盯着陆逊，久久不说话。陆逊又说："我有一计，能为将军治好心病，将军想听吗？"吕蒙大喜，立刻挥手屏退侍从，道："请快快告诉我吧！"陆逊说："将军的病，是因为担忧荆州防守严密，沿江布有烽火台而生的，我有一计可以让烽火台的兵士束手就擒，使荆州的守军全无防备。"于是详细地把计策告诉了吕蒙，吕蒙听后大喜，立刻按计行事。

吕蒙推说自己病重，请求回去休养。孙权把吕蒙召回都城养病，询问接替他的人选，吕蒙回答说："如果用很有名望的大将，关羽一定会有戒备之心。陆逊才智超群，恰好又没有多大名气，关羽不会提防。如果用他来替代，一定可以成功。"

孙权听后，当天就封陆逊为偏将军、右都督，代替吕蒙镇守陆口。陆逊接受了

命令，连夜赶往陆口。关羽果然轻敌中计，把大部分荆州兵都调去了樊城，准备同曹操决战。陆逊得知详细情况后，立刻派人连夜报知孙权，孙权大喜，开始调兵遣将。

孙权封吕蒙为大都督，总管东吴所有兵马。吕蒙点兵三万，选了八十多艘快船，又让会水的士兵扮成商人，身穿白衣，在船上摇橹，命精兵都藏在船舱里。然后吕蒙又调集了韩当、蒋钦、朱然、潘璋、周泰、徐盛、丁奉七员大将，跟随自己北上。同时他又派人报告孙权和陆逊，让二人准备接应。

穿着白衣的"商人"们驾着八十余只快船，昼夜兼程沿江北上，终于到达了荆州城附近的江面上。江边烽火台上的士兵派人来盘问，"商人"陪着笑脸说："我们是商人，因为江面上刮起了大风，船只难以航行，请求到这儿来暂时避一避。"说着又悄悄塞给士兵们很多钱。守卫士兵不再怀疑，让他们将船停靠在岸边。

到了夜里大约二更时分，大雾弥漫。东吴的精兵悄悄走出船舱，趁黑冲进烽火台里。烽火台中的士兵全无戒备，仍在睡梦之中，毫无还手之力。就这样，沿江所有的烽火台守兵都被捉去了。

东吴的大军顺利地沿江而上，长驱直入。没有了烽火台的报警，荆州城毫无戒备。快到荆州时，吕蒙劝降了所捉俘虏，派他们前往荆州骗开城门，约定放火为号，自己率大军随后赶到。

半夜时这些投降了东吴的士兵来到了荆州城外，大声叫门。城上的守军往下一看，认得是自己人，于是也没有多想，就把城门打开了。这些士兵装出若无其事的样子走进城门，趁守门士兵不备将他们砍死，之后又闯进城去放起火来。

吕蒙率领大军埋伏在荆州城外，看到荆州城内火光冲天，立刻一声号令，率大军冲杀进去。荆州城的守军来不及抵抗，只能放下武器做了俘虏。

荆州城虽已攻下，但南郡、公安两城尚未占领。谋士虞翻自告奋勇，前往公安城说服了守将傅士仁归降。之后两人又前往南郡来劝降守将糜芳。正在糜芳犹豫之时，关羽派使者来催促糜芳立刻缴纳军粮十万石，稍有迟误便要斩首。荆州城已失，军粮无法运出，糜芳走投无路，献出南郡城归降了孙权。至此，孙权已经占领了整个荆州，截断了关羽的退路，而大意的关羽却仍被蒙在鼓里。

这日关羽亲自率军出战徐晃,数十个回合不分胜负。这时忽然喊杀声震天,樊城的曹仁率大军冲出城来增援。关羽抵挡不住,逃过襄水退向荆州方向。

所报荆州、公安和南郡均已失守,关羽这才悔恨自己大意,小看了吕蒙和陆逊,落得如此下场。

关羽愤恨不已,率军来攻荆州城。东吴大将蒋钦迎战,几个回合后,蒋钦虚晃一枪,率兵撤退。关羽心急气盛,率兵穷追不舍。忽然一声炮响,韩当、周泰、西奉、徐盛四支大军冲杀过来,对方人多势众,关羽被团团围住。关羽手下的士兵早已听了吕蒙的劝说,怀有私心,见此情景,还没有接战就抛下武器投降,人数顿时少了一大半。关羽见大势已去,只得奋力杀出重围,率关平、廖化一路撤退,暂住在附近的一座名叫麦城的小城,收拾残兵败将商议求救。

不久,东吴大军追到,团团包围了麦城。廖化自告奋勇率兵冲出城去,杀开一条血路,连夜奔向上庸城求救。上庸城太守刘封和孟达。却不愿发兵,廖化又飞奔赶往成都。

关羽在麦城日夜盼望救兵,而救兵却迟迟不来。城中粮草日减,士兵也不断出城去投降。关羽终于决定突围,想从麦城西北的一条小路逃回成都。

吕蒙早已预料到关羽的想法,事先做好了安排。

傍晚时分,吕蒙指挥韩当、周泰、蒋钦、丁奉、徐盛五员大将,大张旗鼓,率领兵士从东门、西门、南门三个方向麦城发动进攻,却有意留出北门不去攻打。关羽得知消息,披挂上马,与关平率军冲出北门,突围而去，却中了埋伏，关羽与关平均被生擒。关羽手下将士或死或降，麦城陷落。

关羽被捉去见了孙权，他昂首挺立，不肯下跪。孙权上下打量了关羽一番，心中暗赞，便想劝关羽归降，又想当年曹操厚待关羽，关羽却过五关斩六将弃曹而去，如今还攻打曹操。于是下令将关羽、关平斩首。关羽时年五十八岁。

张昭来见孙权，叹息道："刘备知道关羽遇害，定会发动全部的兵力前来报仇。东吴恐怕难以抵抗啊！"

孙权大吃一惊，十分后悔，忙问张昭："那么如何是好呢？"张昭说："事情到了这一步没有别的办法，只能向曹操求援了。"

一时间，东吴上下人人紧张不安，孙权一边加紧联系曹操，一边增强防备，等待着来自汉中的消息。

刘备听了关羽遇害的消息，顿时昏了过去，醒来之后痛哭不止，立刻

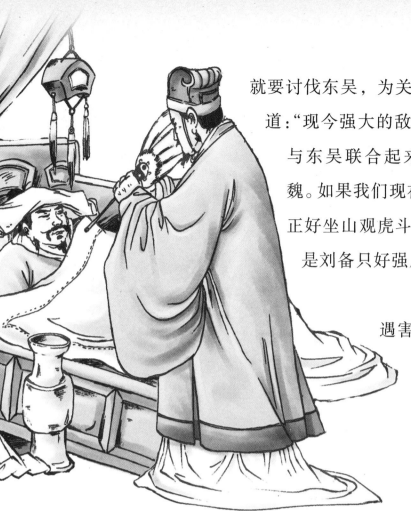

就要讨伐东吴，为关羽报仇，诸葛亮劝阻道："现今强大的敌人是曹魏，我们只有与东吴联合起来才能有力量对抗曹魏。如果我们现在兴兵攻打东吴，曹魏正好坐山观虎斗，趁机从中获益。"于是刘备只好强压下愤怒，坐待时机。

张飞在阆中听说关羽遇害，难过得日夜痛哭，每日借酒消愁。他又下令军中三日内准备白旗白甲，三军挂孝伐吴。第二天，张飞帐下两员小将范疆、张达前来报告说，由于时间仓促，一时找不齐这么多白甲白旗，请求他宽限一些日子。张飞听了大怒，命令军士将两人绑在大树上，各用鞭子抽打了五十下，直打得两人皮开肉绽，口吐鲜血。

打完之后，张飞指着他俩说："明日是最后限期，你们如果超过限期，我就立即杀了你们示众。"两个人被手下军士扶回自己营中，心中愤恨不平，商议要杀张飞。

张飞回帐中想到关羽，又伤心起来，痛哭流涕，令人取来酒菜，和诸将领一同饮酒。不一会儿便大醉，躺在大帐内休息。

这天晚上，范疆、张达潜入张飞帐中。刚走到张飞床前，二人便大惊失色，差点吓破了胆，只见昏暗的灯光下张飞正圆睁双眼盯着他俩。原来张飞是睁着眼睛睡觉的，过了半晌，二人听到张飞鼾声如雷，这才知道他正在熟睡，于是大胆上前，举起短刀用力刺向张飞，张飞大叫一声而死。张达一狠心，手起刀落，割下张飞首级，包裹起来，连夜往东吴逃去了。

三国演义

SAN GUO YAN YI

三国演义

公元 220 年，关羽被害一个月后，曹操因头痛病发作不治身亡，临终前让长子曹丕继承王位。

曹丕的弟弟曹植天资聪颖，文采出众，在大臣中有很高的威望。曹操在世时也非常疼爱他，曾多次想立他为太子，曹丕因此对他恨之入骨，绞尽脑汁想要除掉曹植。华歆献计说："别人都说曹植能出口成章，我却不相信。大王可召他入见，试他一下，如果他的确有如此的才华，就饶了他；如果他不能，就杀了他。"曹丕答应了。

曹丕升殿召来文武百官，分列两旁，然后传曹植觐见。曹丕说道："过去父王常夸你的文才好，我却不相信，今想试你一下，我限你在七步之内做成一首诗。做得好，我就饶你一命；如果做不出来，那就别怪我不讲兄弟情面了！"说完，叫来刀斧手立在一边，又叫来侍臣计算曹植的步数。

一时间，殿上文武百官都相顾失色，暗暗为曹植捏一把汗。群臣慌乱间，曹植却很坦然，他不慌不忙地施礼道："请王兄出题。"曹丕说："我和你是兄弟，就以此为题，诗中不许出现兄弟的字样，但又要表现兄弟的关系，现在就开始吧！"曹植稍加思索，踱了七步后朗声吟道：

"煮豆燃豆萁，豆在釜中泣。

本是同根生，相煎何太急？"

曹丕听完这首寓意深刻的七步诗，也禁不住流下眼泪。这时卞太后跌跌撞撞地来到殿上，质问曹丕道："你为什么对自己的亲弟弟要苦苦相逼呢？还不快赦免了植儿！"满朝文武也纷纷为曹植求情。见了这种情形，曹丕也只好顺水推舟，下诏将曹植贬为安乡侯，削掉了他不少封地。曹植死里逃生，匆匆忙忙骑马赴任去了。

刘备听闻张飞遇害悲痛万分，顿时昏倒，后被群臣救醒。第二天，便决定发兵东吴，为关羽报仇。刘备命吴班为先锋，令张飞之子张苞、关羽之子关兴护驾，七十五万人马水陆并进，浩浩荡荡杀奔东吴。

　　消息传到东吴，东吴上下无不震惊。孙权立即派出诸葛谨前去讲和，表示愿意送回孙夫人，交还荆州，遣送降将，两家结盟，共抗曹魏。然而刘备却怒气冲冲地一口回绝了。孙权无奈，只好派使者去见曹丕，表示愿意归降，请曹丕出兵攻打汉中。曹丕很高兴，加封孙权为吴王，却并不派兵去打汉中。

　　孙权得不到曹丕的支援，只好命韩当为大将，周泰为副将，潘璋为先锋，起兵十万，前去迎敌。

　　蜀、吴两军在猇亭附近展开一场大战。厮杀中，蜀军老将黄忠中箭而死。张苞、关兴却极为英勇，各自挥舞丈八蛇矛和大砍刀，奋勇冲杀，打败了韩当、周泰。蜀军大队人马掩杀过去，把吴军杀得尸横遍野，四散逃走。刘备大获全胜，夺下了猇亭。这一仗中小将关兴还杀死了潘璋，报了杀父之仇。

　　蜀军步步相逼，节节获胜，孙权惊慌失措，派使臣来见刘备，希望讲和。刘备毫不理会，一心要灭了吴国。吴军节节败退，降将糜芳、傅士仁也是后悔不已，决定杀了马忠，去投降刘备。

　　刘备在军中听说糜芳、傅士仁带了马忠首级前来投降，命令把二人放进

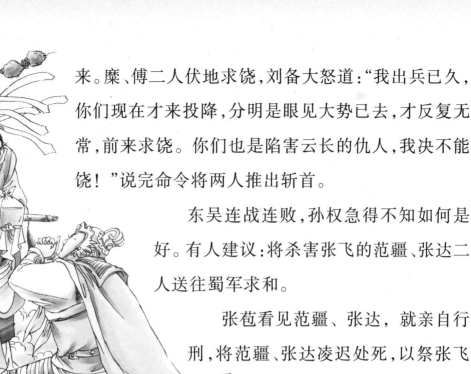

来。糜、傅二人伏地求饶，刘备大怒道："我出兵已久，你们现在才来投降，分明是眼见大势已去，才反复无常，前来求饶。你们也是陷害云长的仇人，我决不能饶！"说完命令将两人推出斩首。

东吴连战连败，孙权急得不知如何是好。有人建议：将杀害张飞的范疆、张达二人送往蜀军求和。

张苞看见范疆、张达，就亲自行刑，将范疆、张达凌迟处死，以祭张飞在天之灵。

使者趁此机会，向刘备提出讲和。没想到刘备冷笑一声，痛骂道："东吴杀害我二弟和三弟，此仇不共戴天。我已决定挥军直进，一直打到你们的都城，攻下建业，灭了东吴，这才算是报仇雪恨。要我退兵，你们不要再痴心妄想了！"

孙权无计可施，只得向曹丕求援。

哪想曹丕亲率大军到了荆州附近安下营寨，却按兵不动，只是坐山观虎斗，想等孙、刘两家先拼个你死我活，元气大伤之时，他再坐收渔翁之利。

孙权知道也只能依靠自己的力量来对抗刘备了。于是，正式宣布拜陆逊为大元帅迎战蜀军。

刘备于是亲自率领前军迎战，首战告捷，刘备得意地挥师东下，踏入了平原广野之地，随时准备一举荡平东吴大军。

陆逊战败后一直闭关不出，静静等待良机。

刘备看陆逊一直坚守不出，心里也很着急，再这样拖下去，不但消灭不了主力，反而消耗了自己的力量。于是他设下一计，命先锋吴班在靠近陆逊的山谷安营扎寨，想引陆逊出动，再令埋伏在四处的蜀军把东吴军团团围住,一举歼灭。

刘备这一计策果然奏效,东吴的将领们纷纷要求出兵反攻,而陆逊却说刘备放一支老弱军马引我们去攻打,其中必定有诈。次日,吴班又引兵前来挑战,耀武扬威,辱骂不绝。陆逊仍是坚守不出。这天傍晚,那些埋伏在山谷中的蜀军果然出来了。众将士都很佩服陆逊的眼光和决断。至此,将士们愈来愈信赖这位年轻的主帅了。吴军上下同心协力,士气高昂。

双方相持了七八个月,蜀军一直找不到机会与吴军交战。时间一长,斗志渐渐消退。转眼夏天到了,长江两岸酷热难当,蜀军官兵叫苦不迭。刘备进退不得,只得将大军安置在密林深处,躲避酷热,准备秋后再向吴军大举进攻。陆逊听说蜀军移营,大喜,对部将们说:"大破蜀军的时机终于到了!"他一面作了严密的部署,分配好了任务,一面修书一封派人送给孙权,说不久就会凯旋。孙权喜出望外,立即起兵前来接应。

一晚,天色昏暗,东南风越刮越急。陆逊命令每个士兵携带一束干草,迅速向蜀军大营进发。到达后东吴士兵冲入营寨,顺风放火。蜀军将士此时还在睡梦中,而连在一起的四十多个营寨早已陷入了一片火海之中,刘备大惊,幸得张苞、关兴二人保护,才仓皇逃往白帝城。

刘备七百里连营，被陆逊一把火烧得干干净净，败军逃回白帝城。陆逊闻听只带了几千精兵，向白帝城追过来。

这天黄昏，陆逊的军队到达了白帝城的鱼腹浦，见一座用石头垒成的巨大迷宫摆在面前，里面的路弯弯曲曲，错综复杂。士兵们看了之后都有点害怕，不敢妄动。

陆逊料到石阵必是诸葛亮所设，心有不甘，不假思索下令道："不许犹豫，全速前进。"可从早上一直到下午，陆逊的军队不停地在迷宫里转来转去。白帝城近在眼前，可是无论如何他们也走不出这座迷宫。陆逊这才下令撤退，费了好一番周折才从原路退了回来。

陆逊站在石阵外望着自己手下筋疲力尽的士兵，不由得心中暗暗赞叹，打消了穷追不舍的念头，回到东吴专心准备对付魏国的袭击。

曹丕知道刘备战败，立刻率军扑向吴国。东吴并没有倾巢出动去追刘备，而是依然严密防守。魏军和吴军打了几仗，没有占到丝毫便宜，曹丕也只好收兵回去了。

刘备因为吃了败仗急火攻心，加上年岁已高，身体日渐衰弱。他在白帝城中每天思念关羽、张飞，常常哭泣不止，终于得了重病卧床不起，病情一天比一天严重，眼看就快要不行了。诸葛亮得知这个消息，立刻把成都的政事交给马良替他处理，自己快马加鞭地赶往白帝城。

诸葛亮见到刘备时，刘备已经是奄奄一息了。他挣扎着坐起来，握住诸葛亮的手说："丞相，看来我是快要不行了。我死之后，应该是我的儿子刘禅继承王位。可是他庸庸碌碌，没有什么才能。国家的一切事务就全要靠丞相您来操心了。若刘禅真是毫无才能，还请先生自立为成都之主。"诸葛亮眼中含着泪说:"陛下放心,我一定竭尽全力辅佐少主。"

刘备挥手让周围的人退下去,嘱咐诸葛亮不要重用马谡,之后又含着眼泪对诸葛亮说:"我死之后,一切就都托付给丞相了。"诸葛亮连忙跪下,声音颤抖着说:"微臣一定鞠躬尽瘁,死而后已。"

不久之后,刘备便在白帝城病逝,终年六十三岁。诸葛亮回到成都,宣布由太子刘禅继位。刘禅是个无能之辈,毫不理会国家大事,只知道吃喝玩乐,把所有的政事都交给诸葛亮去处理。

曹丕听说刘备刚死不久,刘禅继位,非常高兴,立刻召集文武百官,商议趁机进攻蜀国。司马懿胸有成竹地说:"要想讨伐蜀国,不可以单靠魏国自己的力量。我现在已经准备了五路军队一起攻打蜀国。"

曹丕很兴奋,连忙问道:"哪五路?"司马懿说道:"第一路,我们可以写信给西北的少数民族首领轲比能,对他威逼利诱,让他带领十万士兵从西平关方向攻打蜀国;第二路,我们再给西南的少数民族首领

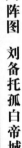

孟获写封信,给他施点小恩小惠,让他也带十万士兵,从益州方向攻打蜀国;第三路,命令上庸的降将孟达带兵十万,从汉中方向进兵;第四路,劝说孙权率领十万军队从两川峡口进攻;第五路,任命曹真将军为大都督,直接从阳平关进攻。这五个方向共有五十万大军。蜀国应接不暇,一定会手忙脚乱。就算诸葛亮有再高明的本领,只怕也无济于事了。"曹丕听了非常满意,就命令手下人按计划行事。

很快蜀国便收到五路大军即将同时进攻的消息。朝野上下议论纷纷,惊慌不已,刘禅更是惶恐不安,亲自到丞相府讨教破兵之计。

诸葛亮说:"轲比能那一路,我派马超将军去应付,马超将军在西北少数民族那里有很高的威望,轲比能定然不敢贸然进攻;孟获那一路,我就派魏延去镇守益州,使用疑兵之计。孟获非常多疑,不久必定会退走。至于孟达他本来就是从蜀国投降过去的,我派他的好朋友给他写封信,他也肯定会推辞说生病,不会真的进攻;而东吴方面孙权不会无条件听从曹丕的,只要我派人去和他谈判,也可以使他回心转意。至于曹真那一路,阳平关易守难攻,我派赵云去坚守不出,就不会有什么问题了。"

刘禅又惊又喜,说:"好,就这么办!"在诸葛亮的安排下,果然这五路大军的攻势都被逐一瓦解。魏主曹丕无机可乘,也就只好暂且休战。魏、蜀、吴之间进入了相对和平的时期。

三国演义

SAN GUO YAN YI

　　诸葛亮自刘备死时临危受命以来，一直竭力辅佐刘禅，使得蜀国兵精粮足，百姓安居乐业。西蜀境内一时成了这乱世之中的世外桃源。然而此时南方的少数民族首领孟获却不断地带兵骚扰，搅得边境百姓不得安宁。诸葛亮终于决定先进行南征，除掉南方的后患之后，再伺机北伐中原。

　　诸葛亮写下《出师表》，向刘禅表明心意，亲自点起十几万大军，命赵云、魏延做大将，王平、关索、张嶷、张翼为副将，马岱为粮草押运官。大军浩浩荡荡，向南进发，几天之后，马谡到诸葛亮的营帐来拜见诸葛亮，建议让孟获心悦诚服地归顺。诸葛亮点头称是。不久之后大军就到了少数民族聚居区的附近。蛮王孟获得知这个消息吃了一惊，立刻点起自己所有的兵马准备同诸葛亮大战一场。

　　这天两军相遇，诸葛亮设计生擒了孟获。

　　诸葛亮知道他心里不服气，便命令给孟获松绑，又为他摆上

酒宴，让他饱餐一顿。然后带着他参观蜀军的粮草、马匹、军备等，问他说："你觉得怎么样？"孟获说："蜀军确实很强大，可是你如果敢放我回去让我重整旗鼓，我定会再来和你一决胜负。"诸葛亮微笑道："好，我答应你。但如果下次你再被我捉

住，一定要投降归顺。"说完果然放回孟获。

孟获在泸水扎营，不久就聚集了十余万兵，他怕再中诸葛亮的计谋，就坚守不出。诸葛亮命令马岱率领三千兵马从沙口渡河，截断蛮兵的粮道。

孟获对这一切毫不知情，仍然每天饮酒作乐。

就在孟获饮酒大醉的时候，马岱的军队已经悄悄地来到了孟获大营的附近，发动了突然袭击。毫无准备的孟获只能束手就擒，稀里糊涂地当了俘虏。

诸葛亮的军队渡过了泸水，马岱把孟获押过来见诸葛亮。诸葛亮得意地问："怎么样，你已经是第二次被我抓住，还不投降吗？"孟获狡辩说："你这是用诡计抓到我的，我心有不甘。就算我愿意投降，我手下的人也不会服气。"诸葛亮又给孟获松了绑，赐了一顿酒宴，放他回去。

狼狈逃回的孟获并不甘心，又命弟弟孟伏假意献宝，实为内外夹击。诸葛亮识破孟获计谋，在招待孟伏的酒宴中下迷药。等夜里孟获领兵来袭时，又中了埋伏，做了俘虏。

孟获仍然嘴硬，不肯服输。诸葛亮第三次把他放了回去。

孟获逃回大本营,凭借易守难攻的地形,每天只是牢牢地把守营寨,不再出兵。诸葛亮觉得采取强攻的办法肯定会损失很多士兵,但又不能长期拖下去,于是令军队假意撤退,孟获果然中计,率兵追赶,却中了埋伏。

孟获被蜀军追到林中,看见诸葛亮坐小车出来,气得火冒三丈,大喝一声,拍马挥刀,向诸葛亮冲了过去。忽然"轰"的一声响,连人带马跌进了陷坑里。孟获第四次被捉,仍然不肯投降。诸葛亮知道时机还没有成熟,于是又把他放了回去。

孟获见大营是守不住了,于是带领残兵败将,逃到了一个叫做朵思大王的酋长所控制的地方去。那里群山环绕,地形复杂,还有四处有毒的泉水。

诸葛亮率军来到了朵思大王的地盘,蜀军误喝泉水,许多人都中了毒,蜀兵死伤不少。诸葛亮大吃一惊,连忙禁止任何士兵再去饮水,又在另一处绿洲之下挖掘出水源。

蜀军吃饱喝足,日夜行军,很快赶到了朵思大王的营帐外。朵思大王和孟获正在做着美梦,还没有来得及抵抗就乖乖做了俘虏。

孟获仍然不肯归降,诸葛亮第五次放他回去。此时的孟获开始明白过来,单凭自己是无法与诸葛亮相抗衡的,于是决定联合其他的蛮王,共同对抗蜀军。

孟获请求木鹿大王相助。木鹿大王最擅长驯养动物,他养了一大群虎豹豺狼之类的猛兽,可以用来上阵打仗。这天,赵云、魏延率领的军队来叫阵,木鹿大王带领军队出城迎敌。只见木鹿大王把旗一挥,顿时喊杀冲天,数百头虎豹豺狼从阵中扑出来,一只只张牙舞爪,恶狠狠地朝着蜀军士兵冲来。蜀军士兵从未见过这么多的猛兽,顿时吓得目瞪口呆,乱了阵脚。赵云、魏延见情势不妙,下令撤退。蜀军丢盔弃甲,一路逃走。诸葛亮却已有应对之计,他命人做了些假怪兽,怪兽毛皮是用五彩绒线来做的,尖牙利爪是用钢铁铸出来的,人在里面操纵着它就可以前后左右行走。在假怪兽的嘴里放上些硫磺、火药,还可以喷火。

第二天,孟获接到报告,说蜀军又来挑战。孟获与木鹿大王一起出战。这次木鹿大王二话不说,一挥大旗,无数虎豹豺狼又冲了出来。

正在这时,蜀军阵中忽然响起呜呜的号角声,接着许多五彩斑斓、张牙舞爪、见也没见过的怪兽吐着焰火冲了出来,蛮兵当即便吓呆了。而那些豺狼虎豹,本来气势汹汹,这时见到更可怕的怪兽冲出来也都大受惊吓,反转过身向后冲来,孟获的军队被这些猛兽一冲,立刻大乱。蜀军也趁机冲杀过来,孟获和木鹿大王走投无路,又一次做了俘虏。

孟获仍然不肯投降,诸葛亮无奈又放了他。

孟获回到大本营,请求兀突骨酋长派刀枪不入的藤甲兵来共同对抗诸葛亮。

诸葛亮知道了后,用火攻战胜了藤甲兵。孟获又一次做了俘虏。

诸葛亮给孟获摆下酒宴,孟获流下了眼泪,说:"我被抓了七次,又被放了七次。从古到今,闻所未闻,丞相对我真是仁至义尽,我孟获从今以后再也不会反叛了。"

至此,诸葛亮终于收服了孟获,他将夺取的土地都归还了回去,并封孟获永为南人洞主,最后在孟获等人的相送下班师回蜀了。

公元226年，魏文帝曹丕病死，他的儿子曹睿继承了皇位，这时诸葛亮早已平定了南方叛乱，解除了北伐的后顾之忧，他觉得时机已经成熟，决定北伐中原，实现在隆中时一统中原的抱负。

诸葛亮向刘禅禀报了自己的决定，点起三十多万大军，任命赵云、魏延、王平、关索、张翼、廖化、马谡、关兴、张苞等为大将，浩浩荡荡向北进发。

魏国已得知诸葛亮前来攻打魏国的消息，就派遣驸马夏侯楙率军队前去抵抗。

赵云率领的先头部队与夏侯楙的军队迎面碰上。赵云年纪虽大，却仍然勇不可挡，一连杀死魏军的几员大将。夏侯楙软弱无能，抵挡不住，慌忙收拾残兵败将逃到南安城里去。诸葛亮率领的大军随后赶到，把南安城团团围住。夏侯楙无法，只好坐等救兵。

诸葛亮用计，派人假扮成魏军的军官，去南安城附近的天水、安定两城假传消息，要他们快快发兵到南安来救夏侯楙。

安定太守接到了假消息，决定发兵前去南安城救援。正在准备之时，他接到探马的报告，说天水太守已经发兵了。安定太守不甘落后，急忙带领大军向南安城进发。

军队走到一半，忽然炮声响起，四下埋伏的蜀军呐喊着冲杀出来。安定太守猝不及防，被打得一败涂地，只好带领残兵败将逃回安定城。不料，军队刚来到城边，却发现城上已经竖起了蜀军的大旗。原来魏延趁安定太守领军出城城中空虚时，已经率军偷袭并成功地攻占了安定城。安定太守没有办法，只好投降了。

天水太守也接到了假消息，正欲出兵，姜维却识破计谋，假装离开天水城，大败随后赶来攻城的赵云。

赵云回来将情况报告给诸葛亮。诸葛亮很吃惊，说："这个人文武双全，连我的计谋都能识破，是一个不可多得的人才。我一定要设法让他归降。"

不久诸葛亮派军队去攻打天水附近的冀城，而姜维的母亲正住在那儿。果然，姜维听到这个消息，立刻向天水太守要了三千士兵，领兵去救冀城。诸葛亮的军队有意避开他，放他进了城，随后又把冀城包围了起来，割断了姜维与外界的联系。

此时夏侯楙在南安城中被围得箭尽粮绝，无奈之下决定诈降，想将诸葛亮骗进城来。诸葛亮将计就计假装进城，暗中却埋伏了大军，不费吹灰之力便攻占了南安城，抓住了夏侯楙。

诸葛亮把夏侯楙召进来，问："你想死还是想活？"夏侯楙面如土色，"扑通"一声跪在地上，磕头求饶道："想活！想活！请大人饶我一条性命吧！"诸葛亮故意说道："天水城是守不住了。刚才姜维写信给我表示愿意投降，里应外合攻破天水城。你去天水城，说服天水太守投降。如果他不降的话，你就留在天水城里做内应，和姜维一同起兵。"夏侯楙连忙答应。

诸葛亮放回夏侯楙。夏侯楙连忙逃到天水城里，一五一十地把所有情况告诉了天水太守。天水太守不敢相信他的话，怀疑地说："姜维已经叛变了，这不太可能吧？"夏侯楙很有把握地说道："肯定，我肯定！"

当晚城外忽然杀声震天，有人来报告说姜维率领军队来攻。天水太守大吃一惊，和夏侯楙奔上城头，只见姜维正在城下指挥众人攻城。姜维朝着城上喊："夏侯驸马，你已经答应了诸葛丞相做内应，为什么又出尔反尔？"天水太守大怒，命令城上射箭。姜维攻打了一会儿就率兵退走了。

原来这个姜维是诸葛亮派的一个长得很像姜维的士兵假扮的。这样一来姜维的后路就被彻底阻断了。

紧接着，诸葛亮的大军加紧攻打冀城。姜维的军队寡不敌众，姜维只好开了城门，逃回天水。没想到天水城大门紧闭，城头上的守军见了姜维口口声声大骂他是叛徒，并朝着姜维不停放箭，姜维有口难辩，只好退走了。

姜维走投无路，被诸葛亮率领大军团团围住。诸葛亮非常诚恳地劝他归降，姜维思前想后，终于决定投降蜀军。诸葛亮非常高兴，认为姜维是一个难得的人才，决定倾尽平生所学调教姜维，让他继承自己的位置。

不久，蜀军终于占据了天水城，名声大振，诸葛亮又一鼓作气率军向北推进。

三国演义

SAN GUO YAN YI

　　蜀军捷报频传,连连获胜,一路北上,魏明帝曹睿终于忍耐不住,决定重用司马懿,命他率二十万大军前去迎敌。

　　司马懿找来两个儿子司马昭、司马师商议以张郃为先锋,率领十五万大军,攻占街亭。

　　诸葛亮在大营之中商议军事,说:"街亭是个紧要地方。守住了街亭,我军便没有了后顾之忧,可以放心地北上进攻长安了。哪位将军愿意去把守街亭?"话音刚落,参军马谡便站出来请战:"我愿意去守街亭。"并立下军令状。诸葛亮考虑再三,给了他二万五千多精兵,又派了大将王平和他一起前去。临行前,诸葛亮再三叮嘱街亭的重要性,马谡应诺而去。

　　到达街亭,马谡察看了周围的地势,他按照兵书上"居高临下,势如破竹"的说法,命令队伍在山上驻扎。与他同来的将领王平劝马谡应按照诸葛亮的吩咐在要道上伐木做营寨,筑起壁垒,来阻挡敌军。他劝马谡说如果在孤山上扎营,敌军若围住山四面截断水路,军队就危险了。但是马谡心高气傲,固执己见,丝毫不把王平的劝阻放在心上。王平无奈,只好自领五千人马在山的两边扎营,以便策应。

　　此时司马懿带领军马直奔街亭而来,司马懿先令次子司马昭前来探路,司马昭带领若干人马奉命前往察看了一遍,回去禀报说:"蜀军不驻扎在路口,却驻扎在了山上,愚蠢之极。我军只要将那座山重重围住,断绝蜀军的水源,不出几日就可以大获全胜。"

　　司马懿点点头,问手下人:"蜀军领兵的主将是谁?"手下人回答说是马谡。司马懿说:"马谡这个人只会吹牛,并无真才实学。诸葛亮居然重用这种人,真是没有眼光。"于是下令全军全速向街亭前进。

诸葛亮仍然不放心街亭,于是又派大将高翔领兵去列柳城镇守,并派魏延在街亭附近准备接应。就在这时,司马懿的大军已经来到了街亭,把马谡安营扎寨的土山重重包围了起来。马谡这时还不慌不忙,传令下去说:"只要我把红旗一挥,你们就全部冲杀下去。"等到马谡吃饱喝足,手拿红旗走出营帐,往山下一看,这才吓呆了。只见魏军十几万人马整齐安静地排列在山下,刀刃在太阳下泛着寒光,只等着蜀军向下冲。蜀军见了魏军的阵势,一个个也都心虚势弱,恐惧不已。

马谡知道已无计可施,只好叹口气,一边命令手下士兵加强守卫,一边盼望救兵。王平想来救马谡,但是魏军太多了,他只有区区五千兵马,无论如何也冲不破魏军的包围圈。

魏军阻断了水源,将马谡的士兵在土山上围了四五天。蜀军没有水可喝,一个个憔悴不堪。终于,有一队蜀军耐不住饥渴冲下山去向魏军投降了。马谡立刻明白大势已去,他孤注一掷,带领手下所有的士兵突围。

马谡豁出性命带军向下冲去,魏军放箭阻挡,蜀军还没到山脚就已死伤了不少。等到好不容易冲到山下,蜀兵又立刻陷入了魏军的重重包围中。

正在危急时刻,几支蜀军忽然从外面冲杀进来。原来高翔、魏延正好碰到王平派回求援的信使,得知马谡被包围,连忙赶了过来与王平合兵一处,冲进魏军营地。魏军没有提防,一时间有些混乱,马谡趁机拼死冲了出来。

四支部队合起来,兵力仍是比敌人少,只好慢慢往列柳城方向退走,没想到半路上却被另一支魏军截住。原来魏国大都督曹真不希望司马懿功劳太大,于是就派手下大将郭淮趁司马懿与蜀军交战的时候袭击列柳城,不料却在半路上碰上了蜀军败退下来的部队。两军展开混战。郭淮的军队士气正旺,而蜀军刚刚吃了败仗,不愿恋战,只几个回合,就退走了。

郭淮旗开得胜,趾高气昂地朝列柳城方向开来,一心以为此行必定成功。谁知郭淮率军赶到列柳城外时,却发现吊桥高高吊起,大将张郃正站在城头,哈哈大笑。原来司马懿老谋深算,并没有忽略列柳城,他事先派张郃率领一支军队赶到列柳城外埋伏起来,只等高翔的军队一离开列柳城去救马谡,张郃的部队就乘虚而入占据了列柳城。郭淮这才明白自己远逊于司马懿,心中惭愧,只好领兵回去了。

马谡失了街亭,无话可说。他自知已经铸下大错,难逃一死,于是让手下人把自己绑起来,然后和王平一起回去见诸葛亮。

　　这天,诸葛亮正在研看军阵图,忽然听得快马来报:街亭失守。诸葛亮听了,眼前顿时一黑,捶胸顿足道:"大势已去,这都是我的过错啊!"于是急忙传来张苞、关兴,吩咐他们道:"你们二人各带三千精兵,顺着武功山小路向前走。如果遇到魏军,只管擂鼓呐喊,不去交战,吓唬他们一下就可以。等魏军全都退走后,你们就迅速撤向阳平关。"二人领命而去。接着,诸葛亮派人去通知天水、南安、安定三郡军民,让他们赶快退往汉中,又吩咐姜维、马岱先去山谷中埋伏,掩护各路人马撤退。

　　西城是蜀军堆放粮草的地方,诸葛亮亲自率领五千精兵去西城搬运粮草,并拨出一半人马先把粮草运走。这时西城之中,诸葛亮身边只剩下两千五百名士兵和一些文官了。诸葛亮刚刚坐定,便有探马来报:"司马懿率领十五万大军正杀奔西城而来。"那些文官听后都惊慌失措,惶恐不已。

　　诸葛亮登上城楼一看,果然尘土飞扬,魏兵分两路奔西城县冲杀而来。

　　诸葛亮很快镇定下来,略加思索,心生一计。他先命两千五百个士兵都藏在城中,一个也不许出来;又命令把所有的城门都打开,每个城门派几个老兵洒水打扫街道;城内的居民不许出门,造成一种城内空无一人的假象。然后诸葛亮又派人给张苞、关兴二人送信,命令他们埋伏在司马懿退走时的必经之路上。等到司马懿的军队经过时,只需摇旗呐喊,冲杀出来吓退司马懿的军队就可以,不许蛮战。

　　一切都安排妥当之后,诸葛亮带着两个童子,携了一张琴,登上城

楼焚香净手，然后端坐好，开始悠闲地弹起琴来。不多时，司马懿的大军就来到了西城城下。司马懿见西城四门大开，不见一兵一卒，只有几个老兵在城门口扫地。诸葛亮坐在城楼上，正在弹琴。

司马懿见此，心里开始犹疑不定。他骑着马走走退退，四处观察了一番，仍然难以决定进退。只见诸葛亮在城楼上一副悠闲自在的样子，镇定自若。他缓缓放下琴，冲着城下大声笑道："司马懿，你既然已经到了城门外，为什么不进来坐坐呀？"

司马懿此时更加相信诸葛亮在城中设有埋伏，他越想越觉得诸葛亮为人谨慎，不会做无意义的冒险，心情越来越紧张，终于大喊一声，下令道："全军撤退，快！"十五万魏军随后呼啦啦一下子都退走了。诸葛亮站起身来，看着魏军远去的身影不由得长出了一口气，对手下说："今天实在是太险了，我要是司马懿的话，就绝对不会如此轻易地退走。"

司马懿的军队正在撤退，突然间杀声震天，两支队伍从路边冲了出来。只见一面大旗上写着"右龙骧将军关兴"，另一面大旗上写着

"左虎威将军张苞"。司马懿大惊，对手下说："你们看，诸葛亮还是有埋伏的吧！"关兴、张苞两军假意冲杀了一阵，就收兵回去了。

后来司马懿听说诸葛亮当时手下只有两千五百人，确实只是用空城计吓退了自己，禁不住叹息道："诸葛亮实在是太聪明了，我不如他。"

诸葛亮迅速搬运完粮草，回到了大本营。马谡和王平前来请罪。诸葛亮心痛地说："马谡，你已经立下了军令状，失了街亭甘愿被斩首。军法如山，我也救不了你。你放心，我会好好照顾你的家人的。"马谡并不求饶，跪在地上等死。有人替马谡求情，诸葛亮不允，命人把马谡推出帐外斩首了。

马谡被推出帐外后，诸葛亮情不自禁地流下了眼泪。有人问道："马谡罪有应得，丞相为什么要如此悲伤呢？"诸葛亮说："我想起当初在白帝城，先帝曾对我说过马谡言过其实，不可重用。我忘记了先帝的遗言才会有今天，都是我的错啊！"

诸葛亮见北上之路已被堵死，无奈之下收拾军队，撤回了成都。第一次北伐就这样无声无息地结束了。此后诸葛亮又抓紧时间休整军队，为再次北伐做准备。与此同时，魏军南攻东吴也丝毫没有占到便宜，兵败而归。

　　蜀汉建兴六年的秋天,诸葛亮点起三十万精兵,任命魏延为先锋,杀奔中原。魏主曹睿得知,任命曹真为大都督,带领张郃、郭淮前来抵挡。蜀军先头部队来到陈仓城外,发现陈仓城防守十分森严。守城大将郝昭很有才能,在陈仓城中把军队布置得井井有条。诸葛亮下令一定要打下这座城,魏延率领军队攻打了好多天,没有任何进展,诸葛亮很不高兴。他的手下自告奋勇到陈仓去劝降郝昭,结果被郝昭骂了一顿,赶了回来。

　　诸葛亮大怒,亲自率领大军直扑陈仓城。诸葛亮打听到陈仓城里只有三千人马,认为机不可失,于是下令强攻,结果却屡战屡败。

　　诸葛亮围困陈仓城许久,始终攻不下来。这时魏军大将王双率救兵赶到,诸葛亮派两员将领前去抵挡,不料王双手起刀落,几下就将蜀将斩了。诸葛亮很吃惊,决心加强防守,与魏军打持久战。

　　此时曹真率领大军也随后赶到。这一天,曹真忽然接到一封信,竟然是姜维写来的。姜维在信中说他本忠于魏国,不小心被诸葛亮抓住,无计可施才投降了蜀国。现在魏蜀交战,他非常想重新回到魏国阵营中去,希望曹真能够率兵与诸葛亮交战,然后自己在蜀军的后方放火,趁蜀军混乱之时,曹真带军猛冲过来,一定可以大获全胜。这样,姜维自己也可以立功赎罪,重新回到魏国了。

　　曹真看到信之后非常高兴,答应了他的请求。他找来手下将领费耀商议,费耀担心是诸葛亮与姜维联手设下的圈套,最后二人决定由费耀代替曹真出战。

　　第二天,魏军和蜀军交战,杀得难解难分。费耀见到蜀军的营帐附

近火光冲天,激战中的蜀军一下子慌了神,呼呼啦啦地往回撤退。费耀大喜,立刻命令魏军上前追赶,却不见姜维前来接应,费耀忙命令撤退。正在这时,忽然喊杀震天,关兴、张苞率军杀出,把费耀围在中央。费耀这才明白中了姜维的诈降计,最终死在乱军之中。

姜维收兵回来,向诸葛亮报告。诸葛亮叹道:"本来是想用这条计策杀曹真的,结果只杀了一个费耀。真是太可惜了。"

这一次蜀军虽然打了胜仗,但是粮草供应出现了困难,诸葛亮只得决定退兵。魏延的军队把守在陈仓道口,是最后撤退的部队,诸葛亮担心魏延撤退时王双借机追杀,于是想出了一条计策,派人去通知魏延。

魏延依计命令手下的军马打着自己的旗号先撤退,自己却带领一支精兵埋伏起来。等到王双的军队追赶大部队时,魏延趁机偷袭了魏军的营寨,然后又趁王双赶回来救援没有防备时,轻而易举地斩了王双。

第二年夏天，诸葛亮再次率兵出征。这次魏国任命司马懿为大都督，率兵抵抗。此时陈仓城的守将郝昭已经病死，蜀军轻而易举地攻占了陈仓，继续北进。

诸葛亮以阵法大胜司马懿。司马懿见胜不了蜀军，就买通了几个蜀国人，让他们在蜀国散布谣言，说诸葛亮功劳很大，早晚要做皇帝。刘禅昏庸无能，一听到这个谣言，急忙命令诸葛亮退兵回成都。

诸葛亮知道朝廷内部肯定有人进了谗言，却又不能违抗刘禅的圣旨，于是准备班师回朝。为了防止司马懿从后追杀，诸葛亮又想出了一条计策。

司马懿听说蜀军退走了，害怕中计，只远远地跟着。每天他都要到蜀军前一天驻扎过的营地去数做饭的土灶数量，而每一天他都会发现当天的土灶比前一天要多很多。司马懿认为诸葛亮每天都有新的援军加进来，所以才需要增加土灶来做饭，便一直没有追上去。其实诸葛亮的人马一直就那么多，只是诸葛亮每天都派人在营地里多挖出很多土灶而已。

诸葛亮回到成都后，向刘禅表明心迹，又杀了那几个散布谣言的人。

大半年之后，诸葛亮决定再次出师。这时魏国方面曹真已经死了。司马懿担任大都督，发兵与蜀军僵持。

蜀军的粮草运送一向很成问题。一天，诸葛亮打听到附近的陇上有几千亩小麦已经成熟，于是点起三万人马上到陇上去割麦。大军来到陇上，有人报告说司马懿的军队已经驻扎在附近了。诸葛亮于是命马岱、魏延、姜维假扮成自己，装神弄鬼，迷惑敌军，魏军心生惊惧，不攻自退。魏军被吓退后，三万蜀兵不慌不忙地割完小麦运回营帐去了。

三国演义

SAN GUO YAN YI

三国演义

　　诸葛亮多次北伐皆因各种原因没有成功，第五次北伐失败后，诸葛亮仍不甘心，退回蜀中重整旗鼓，等待时机进行第六次北伐。

　　三年之后，蜀中粮草丰足，诸葛亮再次出师，领兵三十四万，兵分五路，六出祁山讨伐魏国，决心一战成功。魏主曹睿闻讯，派出司马懿率领四十万大军迎战。

　　蜀军远道而来，粮草有限，想要速战速决；而司马懿听从魏主吩咐，不管蜀军每天如何在魏军寨前叫阵、挑战，只是坚守不出。诸葛亮心里自然明白魏军用意，因此想尽办法想解决粮草问题，以作长久之计。

　　这一天，诸葛亮坐着小车，来到祁山前的渭水附近察看地形。走着走着，不觉来到一个谷口，这谷形如葫芦，里面可容纳一千多人，出口又非常狭窄，一次只能过一个人或一匹马。诸葛亮得知此地叫上方谷，又叫葫芦谷。回到营寨，诸葛亮立刻找到杜睿、胡忠两位将领，命他们率领一千名

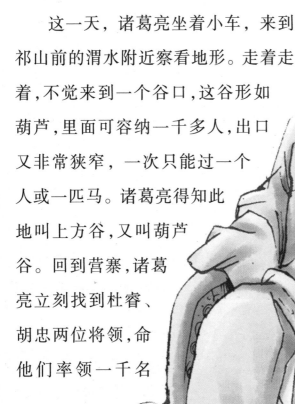

随军工匠进入上方谷中,制造"木牛"、"流马"。

几天后,木牛流马造好,上山下岭,行走自如。诸葛亮立即下令命将军高翔带领一千军士指挥着木牛流马,从剑阁往蜀军大寨搬运粮草,以供军用,这些木流牛马不喝水吃食,却可昼夜行走,十分便利。

司马懿得到消息后大吃一惊,命手下张虎、乐綝去抢夺木牛流马。司马懿看了夺回的木牛流马赞叹不已,拈须沉思了一会儿,高兴起来。他命人找来一大批能工巧匠,把木牛、流马拆卸下来,再进行仿造。不到半个月,两千多只木牛流马就造好了,也能上山下岭,搬运粮草。司马懿就让镇远将军岑威带领一千军士驾着木牛流马去陇西搬运粮草。

高翔回到营寨向诸葛亮请罪,诸葛亮不但没有责备他,反而笑着说:"我正希望如此。"过了些日子,有探马来报,说魏兵正用仿造的木牛流马从陇西往魏兵营寨搬运粮草。诸葛亮高兴地说:"果然不出我所料。"他唤来王平吩咐道:"你带一千人扮成魏兵,趁黑夜偷过北原,遇到魏军运粮队伍便杀散他们,赶回木牛流马。等到魏兵追来,你们就扭转木牛流马口内的舌头,这样木牛流马便不能走动,你们就可以撤走。魏兵赶到,自然无计可施。等他们离开,你们再返回去,把木牛流马的舌头重新扭转过来,它们就又能活动自如了。魏兵见了,一定会感到奇怪,不敢再追。"接着,诸葛亮又唤来张嶷吩咐道:"你带领五百名军士装扮成六丁六甲神兵,化装成鬼头兽身,脸上涂上五彩,一手举着绣旗,一手执着宝剑,身上挂一个葫芦,里面装上硫磺、焰硝等能放烟火的东西,在路旁埋伏好。等王平赶着木牛流马经过时,你们就拥上前去,放起烟火,一起将木牛流马赶回来。"最后,诸葛亮又吩咐姜维、魏延二人带一万人马,去北原寨口接应木牛流马,防止魏兵赶来;又令廖化、张翼带五千人马,截断司马懿的援兵。众将领命而去。

魏将岑威率领军士匆匆赶着装满了粮草的木牛流马赶路,路遇蜀兵,魏兵措手不及,死伤大半。岑威领兵抵抗,被王平一刀斩了,其余

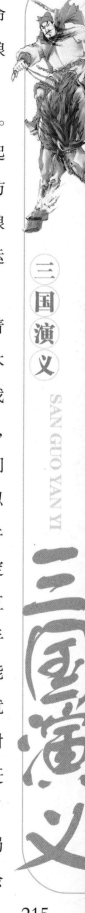

的魏兵都纷纷逃散。王平夺了木牛流马，高高兴兴地往回赶。逃走的魏兵跑回北原大寨，将此事告诉了副都督郭淮，郭淮立即引兵来救。

王平见郭淮兵马杀来，让军士们把木牛流马的舌头扭过去，回头就跑。郭淮见蜀兵逃走，也不追赶，命令部下赶快驾着木牛流马回寨。可是任凭军士们又推又拉，木牛流马却纹丝不动。郭淮疑惑不解，又无计可施。正在这时，忽听鼓角喧天，喊声四起，原来是姜维、魏延率领蜀军从两侧杀来。刚刚逃走的王平也率军倒杀回来，在三路人马夹攻之下，郭淮不敌，只好丢下木牛流马逃走了。

王平立即令军士把木牛流马的舌头再扭转过来，于是这些木牛流马又行动自如了。郭淮在远处看见心有不甘，刚要率兵前去追赶，忽见山后涌出来一队神兵，一个个手持宝剑、绣旗，样子怪异。木牛流马由神兵驱赶着，眨眼间就拐过山头，不见踪影。郭淮见了，目瞪口呆，半晌才说："原来蜀军有神兵相助啊！"魏兵见了，人人惊恐，不敢追赶。

司马懿听说木牛流马被蜀兵夺走，立即引兵来救，刚走到半路，忽然一声炮响，只见蜀军大将张翼、廖化分兵两路冲杀过来。魏军将士惊慌失措，顾不得抵抗，四散逃走。

这一仗，蜀军大获全胜，一共获得一万多石粮食和数千只木牛流马。魏军不仅丢了粮草，还损兵折将，士气大减。司马懿只好命令将士们严加防范，再也不敢轻易出战了。

　　司马懿百般小心,仍是中了诸葛亮的计策,不但损失了大批粮草,还险些丢了性命。于是他对诸葛亮更加忌惮,处处小心提防。

　　诸葛亮见司马懿总是把守住紧要的关口,不肯出来,知道长期这样拖下去对自己不利。于是,他决定要想一条万无一失的计策,把司马懿杀掉。经过一番观察,诸葛亮计划在上方谷设下埋伏。

　　司马懿坚守了很长时间,慢慢地他发觉蜀军比以前松懈许多,于是多次派人去袭击蜀军运送粮草的小股部队,每次都大获全胜。司马懿渐渐开始怀疑诸葛亮的能力,于是谋划着要一举消灭诸葛亮。

　　这天,魏军袭击了蜀军的运粮部队,抓住了一个蜀兵。司马懿从蜀兵那里得知诸葛亮现在不住在大本营,而是到上方谷督运粮草去了。司马懿决定派几员大将带领兵马去袭击诸葛亮的大营,而他自己则想出其不意杀到上方谷,烧毁蜀军的粮草,给蜀军一个沉重的打击。

　　这一天,魏军许多兵马悄悄地来到蜀军大营附近,高声呐喊,一齐冲杀了进去。蜀军惊慌失措,一面抵抗,一面派人求援。很快,其他营帐里的蜀军就从四面八方向大营赶来。

　　此时司马懿和他的两个儿子司马师、司马昭则带领一支精锐部队,悄悄地从另一条小路出发了。司马懿料到此时蜀军所有的部队都会去增援大本营,这样上方谷就会非常空虚,正好是偷袭的大好时机。

　　司马懿率领军队来到上方谷,远远地看见上方谷山坡上搭着一个个存粮草房。于是司马懿命令部队加速前进。很快,司马懿的部队就全部进入了上方谷。他派人前去侦察。探马回来报告说:"草房里没有粮食,全都是干柴。"司马懿大吃一惊,稍想片刻,恍然大悟:我这是中了诸葛亮的计啊！连忙下令火速撤退。

可是为时已晚，只听"咚咚咚"三声炮响，埋伏的蜀军一起杀出，很快便用乱石和大木头堵住了谷口。原来诸葛亮早就精心准备，不但在山坡上的草房里堆满了引火的木柴，连上方谷的地面也埋了许多炸药，用引线连了起来。司马懿的军队刚一进入埋伏圈，诸葛亮便立刻命令手下士兵点燃引线，引爆火药。他又让军士们点着许多火把扔到谷中，一边还不停地射出火箭。很快，上方谷就变成了一片火海，到处弥漫着浓烟，火药在魏军脚下不断地爆炸。

司马懿急得大哭，跳下马抱住他的两个儿子说："看来我们三人今天就要命丧于此了。"诸葛亮在山头上俯视，心里大喜。不料忽然间狂风大作，骤雨倾盆，满谷大火尽被浇灭。司马懿死里逃生，引兵杀出。见此，诸葛亮长叹一声道："谋事在人，成事在天，实在不能勉强啊！"

司马懿逃回魏营之后，防守的思想更坚决了。不管诸葛亮怎么派人挑战，甚至辱骂他，司马懿都一概置之不理。又过了一段时间，司马懿还是不肯出战。诸葛亮干脆派人给司马懿送去一

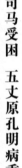

盒东西和一封信。司马懿打开一看，里面放着一套女人的衣服。信中说道：两军交战，司马都督却夹紧尾巴，不论怎样也不出来交战，简直是胆小如鼠。做不了男子汉，还不如穿上女人的衣服。司马懿见诸葛亮如此公开地羞辱他，不禁勃然大怒。然而他很快又冷静下来，笑着对手下说："诸葛亮这是激将法，我才不会上这个当。"

接着，司马懿设宴款待诸葛亮的使者。正喝酒时，司马懿问道："诸葛丞相的身体怎么样？"使者回答说："不是很好。丞相现在非常繁忙，每天天不亮就起床处理政务，军队中不论大事小事他都亲自过问。每天吃的又非常少。"司马懿听了对手下说："孔明的日子恐怕不长了。

使者回来如实禀报了诸葛亮。诸葛亮沉默了一会儿，叹口气说："司马懿真是很了解我啊！"有人劝诸葛亮说："琐碎的事情，只要交给负责的官员就行了，丞相又何必事事都要亲自过问呢？"

诸葛亮眼含泪水，说："我也知道不该这样。只是我时常会想起在白帝城时，先主临死前把整个蜀国托付给我的情景。我深感身上的责任重大，从不敢有丝毫懈怠。我之所以大事小事都要亲自过问，是怕其他负责的官员不像我这样尽心尽力啊！"大家听了都很受感动。

日子一天天地过去，魏蜀两军久持不下，诸葛亮眼见北伐无望，心中愁闷，加上积劳成疾，身体一天天衰弱下去。

三国演义

SAN GUO YAN YI

三国演义

第五十四回

死诸葛吓走活司马　巧马岱智斩猛魏延

诸葛亮积劳成疾，久病不愈，自知已经时日不多，于是他召来众人开始安排后事。

诸葛亮先召来姜维，将自己所著的《兵书二十四篇》传授给他，并嘱咐他日后秉承自己的遗志，完成一统中原的事业。姜维心里很难过，哭着接受了这本书。诸葛亮又对他说："蜀国一路上关口众多，易守难攻。只要你认真把守，魏国就不会有什么机会。但是你千万要注意阴平那个地方，那儿地势很特别，要小心魏军从那里偷袭。"姜维认真记下，一一答应了。

诸葛亮又把马岱叫进来，压低声音细细地嘱咐了他一番，马岱接受了命令，出去了。诸葛亮又叫来长史杨仪，对他说："我死了以后，魏延一定会反叛。我给你一个锦囊，按里面的计划行事，自然会有人杀了魏延。"杨仪接受了锦囊。

诸葛亮把一切都安排好之后，坐在小车上让手下人推着自己出来巡视。刚一出营，一阵寒风迎面扑来，诸葛亮自知自己的病已经没有好的希望了，不由得望着西沉的太阳叹息道："我再也不能上阵杀敌了。上天，这是多么不公平啊！"

诸葛亮回到营中，病情加重，卧床不起。正好这时后主刘禅派官员李福前来探病。李福见诸葛亮病成这个样子，不由得流下泪来，哭着说："丞相是蜀国的支柱，丞相现在这个样子，蜀国的百姓该怎么办啊？"诸葛亮勉强说："你不要担心，我死后可把一切军权都交给姜维，他有能力胜任。等我死后，由杨仪负责军队撤退的事务，让姜维断后。我已经安排好了计策，司马懿不敢来追。"

李福又问："丞相去世后,谁可以接替丞相来治理国家呢?"诸葛亮说道:"蒋琬可以。"李福问:"那在蒋琬之后呢?"诸葛亮说:"让费祎去做。""在费祎之后呢?"诸葛亮没有回答。众人离近看时,才发现诸葛亮已经死了。众人大哭。蜀军士兵们听到主帅过世也都非常悲痛,然而大敌当前,杨仪、姜维不敢有丝毫大意,立即开始布置军队撤退的事务。

司马懿听说诸葛亮死了,最初不敢相信,怕是诡计。后来接到报告,说蜀军已经开始全部撤退,这才相信诸葛亮真的死了。司马懿心中大喜,不敢耽搁片刻,立刻率领大军前去追击。

果然,走出不远,司马懿就远远望见了蜀军的部队,于是他更加坚信不疑,放心大胆地追了过去。就在这时突然杀声震天,从路两边冲杀出来一队蜀军,领头大将正是姜维。紧接着,一辆小车又从蜀军阵中推出,只见诸葛亮手摇一把羽扇,正悠然地端坐在上面。司马懿大惊失色,姜维大笑道:"司马懿,你中了我家丞相的计了!"

司马懿此时已吓得魂飞魄散，他拨转马头没命地拍马奔逃，一口气狂奔了二十多里，直到后面几个魏军将领赶上来，他才拉住马停下。在魏军将领的呼唤声中，司马懿慢慢回过神来，他勒住马，用手摸了摸自己的脖子，向那几个将领问道："我的头还在吗？"司马懿逃回魏营再也不敢出战，蜀军于是安全地撤了回去。

后来司马懿才知道诸葛亮确实已经死了，那天在车上推出来的，不过是一个按照他的样子雕刻的木头人。司马懿羞愧不已，不由得仰天长叹，说："一个死了的诸葛亮就能把我吓成这个样子，我实在是比不上他啊！"

蜀军撤退时，费祎按照事先定好的计划去见魏延，要求魏延为蜀军断后，却发现魏延有谋反之意。杨仪得知后，想起了诸葛亮临死前给他的那个锦囊，忙拆开看了。

杨仪依计行事，他对魏延说："只要你能证明你是个天下无敌的英雄，我就会心甘情愿地向你投降。这样吧，你大喊三声'谁敢杀我'，喊完之后我就承认你是英雄。"

魏延哈哈大笑，傲慢地说："别说是喊三声，就是喊三十声、三百声，我也敢！"接着，连喊三声："谁敢杀我？"喊声刚落，背后突然有个人大喝一声："我敢杀你！"魏延大吃一惊，回头一看，正是马岱。说时迟，那时快，还没等他反应过来，马岱手起刀落，一刀把魏延斩于马下。原来，这就是诸葛亮预先定下的计谋。

蜀军护送诸葛亮的灵柩回到成都。上至后主刘禅，下到蜀国的平民百姓，无不为丞相的去世感到悲痛，人人流泪，哭声震天。

诸葛亮死后，司马懿带兵回到洛阳。魏、蜀、吴三国暂时停战。然而魏国内部的战争却已经开始了。

这时，魏国君主曹睿已经病重，而他的儿子曹芳年龄还很小。在众位大臣的推荐下，曹睿下令封曹真之子曹爽为大将军，又把曹芳托付给司马懿，命他辅政。

不久，曹睿病死，曹芳继位称帝，由司马懿和曹爽共同执掌大权。司马懿足智多谋，曾立下赫赫战功，在朝廷中威望高、势力大。曹爽很担心司马懿有一天会篡夺曹魏的政权，这时又有人告诉他当年曹真与司马懿一起讨伐蜀国的时候，司马懿看不起曹真，处处为难他。后来曹真接连战败，心情郁闷，死在军中。曹爽觉得司马懿是间接害死自己父亲的仇人。于是向皇帝进言，建议封司马懿为太傅。曹芳年幼无知，听从了曹爽的建议。这样一来表面上看是抬高了司马懿的地位，而实际上则是剥夺了司马懿的兵权。

曹爽手握大权，立刻开始巩固自己的地位。他把守卫宫廷和京城的将领全部换成自己的亲信，又欺负曹芳年龄小，自己

独掌大权。大权在握后,曹爽就开始寻欢作乐。司马懿看在眼里,只有耐心等待,寻找机会。于是他干脆假装生病,成天闭门不出。

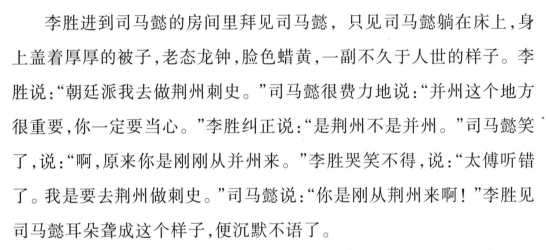

曹爽听说司马懿突然生病,有所怀疑,命手下李胜去司马懿府上打探消息。司马懿听人通报李胜来了,立刻就明白了是怎么回事,很快作好了准备。

李胜进到司马懿的房间里拜见司马懿,只见司马懿躺在床上,身上盖着厚厚的被子,老态龙钟,脸色蜡黄,一副不久于人世的样子。李胜说:"朝廷派我去做荆州刺史。"司马懿很费力地说:"并州这个地方很重要,你一定要当心。"李胜纠正说:"是荆州不是并州。"司马懿笑了,说:"啊,原来你是刚刚从并州来。"李胜哭笑不得,说:"太傅听错了。我是要去荆州做刺史。"司马懿说:"你是刚从荆州来啊!"李胜见司马懿耳朵聋成这个样子,便沉默不语了。

过了一会儿,有人端进来一碗汤药,服侍司马懿吃药。司马懿挣扎了半天好不容易才坐起来,勉强伸出手去端汤碗,手却不住地颤抖,汤碗里的药洒得满床都是。司马懿哆哆嗦嗦地喝着药汤,许多药汤沿着他的白胡子流了下来。李胜看见司马懿这个样子心中不忍,没坐多久就告辞回去了。

曹爽得到李胜的报告十分高兴,从此之后不再把司马懿放在心上,整天只盼着司马懿的死讯。

几个月后的一天,魏主曹芳与曹爽一同出城打猎去了。这边曹爽一走,司马懿立刻穿上盔甲骑上马,抖擞精神,带着两个儿子司马师、司马昭,领了几百个士兵冲进了皇宫。进了皇宫后,司马懿封锁了皇宫同外界的一切联系,然后以皇太后的名义下了一道旨,指责曹爽独揽大权,根本不把皇帝放在眼里,有谋反的倾向;又宣布把一切军政

大权都交给自己，由自己来负责处理全部事情。

随后司马懿带着圣旨去威逼京城的那些守将，迫使他们交出兵权，很快他就控制了整座京城。他命令关闭所有的城门，不许曹爽进城。

天快黑的时候，正在打猎的曹爽才得到了这个消息，一时间惊得目瞪口呆。他的一个谋士建议道："现在京城已经被司马懿控制，我们进不去了，不如立刻带着皇帝转移到别的城市，再以皇帝的名义下一道圣旨，说司马懿谋反，诏令天下的兵马一齐讨伐他。这样我们还有机会打败他，重新夺回大权。"曹爽心乱如麻，拿不定主意。

过了不久，司马懿的使者到了。使者先宣读了皇太后的懿旨，然后对曹爽说："大将军只要放弃权力就可以保证自己的安全，太傅决不会加害大将军。"曹爽决定接受司马懿的条件。他哭着对手下人说："我不愿起兵，我只要做一个有钱人就行了，权力可以不要。"给他出主意的谋士见他这样懦弱无能，禁不住又气又恨，跺着脚说："曹真聪明机智，怎么他的儿子却像饭桶一样。"

曹爽投降司马懿后。司马懿掌握了所有的权力，使曹芳完全变成了一个傀儡。不久，司马懿找了一个借口把曹爽和他的手下人都杀了。

过了一段时间，司马懿病死，权力落到了他的两个儿子司马师、司马昭的手上。

这时曹芳渐渐大了，开始联络一些皇亲国戚，秘密商量要把司马氏兄弟杀掉。不想事情泄露了出去，司马师闻知大怒，带领士兵闯入宫中，把曹芳痛骂了一顿，又处死所有参与密谋的皇亲国戚，最后宣布废掉曹芳，扶植曹髦做了皇帝。

第五十五回

司马懿诈病欺曹爽　废魏帝权归司马氏

　　蜀国自从诸葛亮死后,姜维便掌管了军政大权。姜维受了诸葛亮临终嘱托,也一心要北上伐魏,完成统一大业。这一日,姜维听说魏国政权不稳,皇帝被废,觉得机会来了,于是奏请后主刘禅再度发兵。姜维令廖化、张翼为左右先锋,夏侯霸为参谋,张嶷为运粮使,率二十万大军出阳平关。

　　司马师得报,便命司马昭统兵,徐质为先锋,前来迎敌。两军前锋相遇,廖化、张翼出阵迎战,二人不敌徐质,蜀兵大败。于是姜维下令坚守,徐质听说后领兵来断粮道,结果中了埋伏,被姜维一枪刺死,徐质所领押粮兵也均被夏侯霸所擒。

　　夏侯霸得胜后命令手下的一队蜀军都穿上魏军衣甲,打着魏军旗号,直奔魏寨。魏军刚开门,蜀兵便冲入寨中大肆冲杀,司马昭大惊,慌忙上马奔逃,廖化随后杀到。司马昭见前后无路,只得引兵上铁笼山据守。那山只有一条路,其余四处都极为险峻;山上只有一眼泉水可以饮用。姜维率军将山团团围住,一心要困死司马昭。

　　郭淮见司马昭被困,出兵来救,却怕被羌人袭了后路。于是与陈泰商议后用诈降计杀败羌兵,捉了迷当。郭淮用好言抚慰,劝说迷当引兵去解铁笼山之围,迷当贪图钱财,点头同意了。

　　迷当引羌兵为前部,魏兵在后,直奔铁笼山来救司马昭。姜维见羌人来,出寨相迎,魏将却乘机从后杀出,姜维没作防备,大惊失色,慌忙上马。羌兵、魏兵前后夹击,蜀军不敌,四散逃命。

　　郭淮引兵一路对姜维紧追不舍,姜维手中没有刀枪,只剩一张硬弓,而箭壶内的箭又都在慌忙中散落了。姜维见郭淮追近,急中生智

拉开弓吓他,接连拉响十余次。郭淮最初躲了几回,见无箭射到,知道姜维没箭,便挂住钢枪,拈弓搭箭向姜维射去。姜维急忙闪过,顺手接了那箭,等郭淮追近时,姜维拉弓射去,一箭正中郭淮,郭淮落马摔在地上。姜维回马想杀郭淮,却见魏兵随后追来,只得抢了支钢枪逃回。郭淮拔出箭头后血流不止,不久就死了。

姜维虽然吃了败仗,损失了许多人马,但是射死了郭淮又杀死徐质,挫了魏国军威,因此将功抵罪。不久,司马师病死,司马昭一人独揽了大权。

姜维连年征战,士兵们心中怨恨,又多次出兵伐魏,虽有小胜,却始终没有大的成果。姜维与后主宠信的宦官黄皓素来不和,姜维怕黄皓谋害,便奏请后主,请求引军到沓中屯田。

邓艾听说了,将姜维屯田的营寨画成图本呈给司马昭,司马昭便命钟会与邓艾合兵攻蜀。钟会表面上大张旗鼓制造船只,扬言伐吴,虚张声势;暗地里却在魏景元四年七月出师攻打蜀国。姜维得知,急忙上奏后主,不料姜维上报的告急表文,都被黄皓藏了起来。

钟会大军势如破竹,一连攻克南郑、汉城、阳安数城。姜维寡不敌众只得退守剑阁。张翼、廖化带兵跟来,报告说后主听了黄皓之言,不肯发兵。三人只得合兵一处,镇守剑阁。

不久,钟会率大军在离剑阁二十里的地方安下营寨,却请邓艾暗中走小路去取成都。邓艾命儿子邓忠引五千精兵,除去铠甲,逢山凿路,遇水架桥;自己带了三万精兵,各带干粮出发。这一日到了一岭,马上不去,邓艾便弃马步行。到了岭上只见邓忠与开路壮士都在痛哭，原来此地尽是悬崖，无法开凿。邓艾说道："不入虎穴，焉得虎子？"便命兵士先把兵器扔下山，自己取毡子裹了身，率先滚下崖去。副将也裹毡滚下崖去，其余士兵各用绳索束腰，攀木挂树，下了岭去。

邓艾引兵前行，又见一个大空寨。原来诸葛亮在世时，曾拨一千士兵守在此地，后来被后主撤去。邓艾叹服地说："诸葛亮真是一个神人啊！"

不久，邓艾率兵攻打江油。江油守城将领马邈以为有姜维守剑阁，便未做防备，此时，见邓艾入城，未做抵抗便慌忙投了降。邓艾得了江油，接着又攻破绵竹。后主没办法，率众官降了邓艾。

后主投降的消息传到剑阁，姜维大惊失色，半天说不出一句话来。蜀军将领们都痛哭不已，纷纷怒骂道："我们还在这里拼死抵抗，他怎么能投降啊！"

姜维冷静下来后，考虑了一会儿，对将领们说："我有一条计策，可以恢复蜀国的江山。"随即向众将领悄悄说了自己的计策，众将皆愿听命。于是姜维打开了剑阁关，向钟会的部队投降。钟会很敬重姜维，对他以礼相待。姜维对钟会说："我即使要投降，也只能向钟将军投降，若是邓艾那种使用阴谋诡计的小人前来，我必会死战到底。"钟会听了很高兴。姜维又趁机怂恿钟会，说他既然已经攻下了蜀国，凭借蜀国的天然条件以及姜维等人的协助，完全可以割据一方，成就霸业。钟会被姜维说动了心，也开始准备谋反。

邓艾听说钟会向姜维投降了，心里十分痛恨钟会。他写了奏折上报司马昭，说尽钟会的坏话，钟会得知这个消息，也不甘示弱，干脆向司马昭报告说邓艾想要谋反。

司马昭老谋深算，看到这两个奏折，已经明白了是怎么回事。他一边给钟会发去一封信，派他前去讨伐邓艾，另一边又点起兵马，命大将率领兵士悄悄地向钟会驻扎的大营进发。

钟会接到司马昭的信，心中十分高兴。他派出一支军队，火速扑向

三国演义

SAN GUO YAN YI

邓艾的大营。邓艾毫无防备,稀里糊涂地就被钟会俘虏杀死。姜维看到这种情况,心中暗自高兴。他一边继续怂恿钟会造反,一边暗地里联系蜀军将领,准备暂时借助钟会的力量,然后再伺机恢复蜀国。

钟会杀掉了邓艾,自己也开始骄傲起来,认为如今已没有人可以与自己抗衡。现在自己已经攻占了蜀国所有的土地,好的话可以率领大军反攻魏国,统一天下;坏的话也可以坚守不出,在蜀国的领土上做一个割据一方的君主。

然而钟会手下的士兵大多是魏国人,经过长期征战打败了蜀国后,他们都盼着赶快回家去和亲人团聚。没有人想留在蜀国,更没有人想反攻魏国。而蜀国的人民又都怀念蜀汉政权,没有人支持钟会。一日,魏兵叛变,冲进了钟会的大营。

钟会抵挡了几个回合,寡不敌众,被士兵们杀死。姜维见大势已去,叹口气说:"我的计策如果能成功,蜀国复兴的日子就不远了。现在失败了,这是天意啊!"说完自刎身亡。至此,蜀国正式灭亡。

第五十七回

司马氏篡位称帝 灭吴国三分归一

　　蜀国灭亡之后,后主刘禅和文武百官被送到了洛阳。司马昭对刘禅很客气,十分优待他。刘禅原本昏庸无能,丝毫不念国家大事,现在虽然君主做不成,但还能吃喝玩乐,仍是心满意足。

　　有一次,司马昭设宴款待刘禅和蜀国的官员。席上,司马昭故意安排人表演蜀国的地方歌舞。蜀国的文武官员看到这些,都忍不住掉下泪来,只有刘禅照样吃吃喝喝,有说有笑。

　　司马昭悄悄对手下说:"刘禅这个人真是没有一点心肝,别说是姜维,就算诸葛亮能一直辅佐他,又有什么用?"司马昭又问刘禅:"你想

念蜀国吗？"刘禅笑嘻嘻地说："这里很好玩，我不想念蜀国。"

后来，蜀国大臣郤正听说了这件事，就对刘禅说道："司马昭下次再问你，你就说：'我自幼在蜀国长大，祖宗的坟墓都在蜀国，我怎能不想念蜀国呢？'这样的话，司马昭也许就会放你回去。"

不久，司马昭又问了这个问题。刘禅眨眨眼，勉强挤出几滴眼泪，把郤正教的话背了一遍。司马昭微微一笑，看看刘禅，说："这些话听起来怎么像是郤正说的呢？"刘禅听后吃了一惊，睁大眼睛说："你怎么猜到的？这还真是郤正说的！"司马昭哈哈大笑，觉得刘禅这个人既无能又老实，从此就不怎么把他放在心上了。

不久，司马昭得了重病，很快就死了。司马昭的儿子司马炎接替了他的位置，掌控了朝政大权。

司马炎此时野心膨胀，已经不满足于仅仅做一个有权力的臣子，他带兵闯进皇宫见傀儡皇帝曹奂，问他道："魏国的江山是靠谁打下的？"曹奂回答道："是靠您的祖辈人南征北战才打下来的。"司马炎说："既然这样，那你就不用做皇帝了，让给我吧。"不久，司马炎废除了曹奂，正式称帝，把国号改为"晋"。

这时的吴国由孙皓继位，孙皓这个人残暴、好色，每天吃喝玩乐，为所欲为，大臣们谁敢提出反对的意见，孙皓就立刻杀掉谁。百姓们也对他十分不满。

孙皓不愿意居住在首都建业，自己带领军队住在武昌。武昌的百姓受孙皓的压迫，生活苦不堪言。当时有首流传的民谣，大意是说：宁可去建业喝水，也不到武昌吃鱼；宁可回到建业去死，也不活着住在武昌。

吴国在孙皓的统治下，一步步地走向衰败。

吴军最初的统帅是陆逊的儿子陆抗。陆抗很有才能，人品也很好。当时羊祜是晋国在东吴边境的统帅，吴、晋两国划定疆界，互不侵犯。

有一次，吴国的羊跑到了晋国的边界去，羊祜知道了便派人送了回来。陆抗接见了使者，又送了一坛好酒给羊祜。

陆抗手下的部将问陆抗："将军是在用什么计策吗？"陆抗说："他把羊送回来，为表示感谢，我送酒给他，有什么不对吗？"

部将们听后都目瞪口呆，感到难以置信。

羊祜收到陆抗送的美酒，心中高兴，便要品尝，手下的人见了连忙劝阻说："将军小心，也许酒里下了毒。"羊祜笑了，说："陆抗是不会用这种阴谋诡计的。"说着把酒一饮而尽。

又有一次，羊祜派人去探望陆抗，使者回来报告说："陆抗这

几天生病了，卧床不起。"羊祜说："他的病应该和我的一样。我这儿有现成的药，你带点过去送给他吧。"

陆抗拿到了药，便想服用，手下人大惊，连忙劝阻，担心地说："羊祜不会在药里下了毒吧？"陆抗大笑着说："世界上怎么会有下毒害人的羊祜呢？"他吃了药病果然很快就好了。

就这样吴、晋两国的边界地带保持了一段相对和平的时期。

孙皓得知陆抗在边界与敌国守将常有往来，心中大怒，认为陆抗私通敌国，于是派了人去替回了陆抗。

而另一边，晋国却在司马炎的统治下一天天强大起来。于是晋主司马炎开始谋划伐吴。他召集了大量兵马，其中水军就有十几万，大军浩浩荡荡从长江上游顺江而下，一直扑向建业。孙皓由于暴政，早已不得民心。晋国大军一路上势如破竹，向建业逼近。

孙皓毫无防备，无计可施，最后只得和刘禅一样，出城投降了晋军。

至此，吴国也正式灭亡了。晋国统一了天下，从此结束了自东汉末年开始的群雄争霸、逐鹿中原的纷乱局面，打破了魏、蜀、吴三国鼎立的格局，迎来了又一个大一统时代。

读《三国演义》有感

初三 楠楠

　　在我国的四大经典名著——《三国演义》《水浒传》《西游记》《红楼梦》中，我最喜欢的要属《三国演义》了。

　　要说我沉醉《三国演义》的原因，首先，便是其中刻画的众多人物深深吸引了我。在我阅读原著的过程中，对于京戏中的"红脸"关公、"黑脸"张飞和"白脸"曹操这三人的经典装扮，也有了更加深刻的理解。而在众多英雄中，我最喜爱的武将便是仁义、智勇兼具的关羽。他不但有万夫不当之勇，他更忠心于他的主公刘备。虽然曹操很赏识他、厚待他，想收他为己用。但是在他寻得刘备时，毅然放弃了曹操赏赐他的荣华，一路过五关斩曹军六将，终保两位嫂嫂周全地与刘备相会了。而在之后曹操败走华容道时，关羽虽立了生死军令状，但他却因感于昔日曹操对他的礼遇恩德而放走了曹操。我也因此更加崇拜关羽这种知恩图报、义重于生命的高尚品格了。还有"单刀赴会"、"刮骨疗伤"等经典事迹，都将他的过人勇气表现得淋漓尽致。而在众多谋士中，我最崇拜的是司马懿。他足智多谋，有着远大理想和勃勃野心，并且他能够为了实现他的抱负不惜忍辱。也正是在他的谋略下，最终使司马一族得了天下。他的大智若愚让我深深感受到了：一个要做大事的人，一定不能只为了眼前利益，并且一定要谦虚、谨慎，否则必会像杨修一样，因自己的张扬而惹来杀身之祸。另外，在吕布与周瑜的身上，我也学到了很多：吕布，他武艺非凡、英勇过人，天下无人能敌。然而，他对人不够忠诚、出尔反尔、藐视他人，也没有足够的才智，终没能成就一番事业而被斩杀；周瑜，一步三计、足智多谋，是为不可多得的帅才，但他却因自己

的狭隘而死。《草船借箭》这一小故事则体现了周瑜的心胸是何等狭窄，他看到足智多谋的诸葛亮处处高自己一招，便心怀妒意，甚至想置诸葛亮于死地。他以军中缺箭为由，让诸葛亮十天造出十万支箭，想以此来除了诸葛亮。由此观之，周瑜不仅妒忌心强，且十分狡猾险恶。而聪明能干智慧过人的孔明则漂亮地完成了任务，使其无话可说。这更明显地体现了周瑜的心胸狭窄，小人气度。周瑜的死更是一个鲜明的例子，他因赔了夫人又折兵而吐血身亡。一句"既生瑜何生亮"的临终之言，将他不容他人的秉性暴露无遗。因此，我知道了：要有所作为，必先要学会做人，对他人要真诚、言而有信，不骄傲自大蔑视别人，也不嫉妒、小气，容不得对手。

此外，我很着迷于《三国演义》所描述的战争画面。"三英战吕布"、"赵子龙单骑救幼主"、"赤壁之战"、"草船借箭"等精彩的打斗、激烈的战争场面都让我百读不厌。那些有关战鼓齐鸣、人喊马嘶、尸横遍野的描写，让我觉得自己仿佛也正参与一场激战。

现在，电视剧《三国演义》正在热播。但是我仍然觉得品读原著更有意思，因为这样能够让我充分发挥想象，而且也能对我国三国时期的用语习惯、礼仪习俗等有一个更深刻、全面的理解。

读后感

品读经典——读《三国演义》有感

初三 丹丹

这个暑假我又重新读了一遍《三国演义》。《三国演义》为中国四大名著之一，为罗贯中所选编的历史小说。《三国演义》写了三个国家的兴衰史，是一部断代体古典名著小说，它讲述了从东汉末年时期到晋朝统一之间发生的一系列故事。

随着年纪的增长、阅历的丰富，不同时期读《三国演义》，我都有着不同的感受。

在幼儿园时期，看的是连环画版的《三国演义》，它在我心中是一个个传奇的故事，桃园三结义，三顾茅庐，赤壁之战……我还明白了"三个臭皮匠，赛过诸葛亮"、"周瑜打黄盖，一个愿打，一个愿挨"、"肚子在唱空城计"等俗语的含义。那时只是看个热闹。

小学时期，我看的是青少年版的《三国演义》，它不仅使我懂得了许多历史知识，更让我记住了一个个栩栩如生的鲜活的人物：足智多谋的诸葛亮、忠胆侠义的关羽、粗中有细的张飞、赤膊上阵的许褚、抬棺上战的庞德、阴险狡诈的曹操、软弱无能的刘禅……我学会了分辨是非曲直，此时的《三国演义》在我看来已不单单是一本画着各路英雄豪杰的画册了。

到了现在，再读原著《三国演义》，它在我心中已是一本饱含人生哲理，有着非凡意义的鸿篇巨制。对里面的人物也有了更深刻的认识。如我最崇拜的诸葛亮，从火烧新野、骂死王朗、空城计、妙锦斩魏延等一系列谋略中显示出他的非凡才智。可他也并非神仙，他让马谡去守街亭，导致丢失了街亭、柳列城两个军事重镇，一出祁山失败，自己也

被降职。料事如神的诸葛亮尚且如此，更何况我等凡夫俗子。所以我们没有理由苛求别人和自己不犯错误，不应该因为别人的一点过失而横加指责，也不应该因为自己的一次考试的失利而灰心气馁，更不应该为自己取得的一点成绩而沾沾自喜，人无完人，我们身上也一定存在着需要充实改进的地方。

如果说文人中我最崇拜诸葛亮，那武将中我最佩服的人就是关羽，在他身上我看到了流淌着忠义之血的军人的霸气与悲壮。在跟曹操对峙时，他因顾着嫂子的安危，所以才不得不投降。其实他还是一心想找到刘备。诸葛亮说得好：云长傲慢，普天之下众路英雄之中，他独雌伏于主公一人。等他得到"赤兔马"时，便一路过五关斩六将回到汉营。他降汉不降曹、秉烛达旦、千里走单骑、过五关斩六将、古城斩蔡阳，后来又在华容道义释曹操。他忠于故主，因战败降敌，但一得知故主消息，便不知千里万里往投。他虽降了敌，但最后还是回来了，他当之无愧为一名真正的将军。

《三国演义》中刻画了近200个人物形象，每一个人物都具有不同的性格。正面人物不胜枚举，就如诸葛亮和关羽，他们成为人们口中交口称赞的人物，但是罗贯中执意刻画了一个乱世枭雄，他就是曹操。虽然为了突出刘备的仁义，他被写成奸诈之人，但是他的军事才能仍然没有被抹杀。他在几年的东征西战中，占领了长江以北的大片土地，连少数民族都臣服于他，他是三位郡主中最有才干的，魏也是三国中最强盛的，他奠定了魏国的基础，后来晋国才能统一天下，所以某种意义上说他是一位真真正正的英雄。

我想当我有一天再翻开《三国演义》时，心境不同，必然会有另一番感悟吧！

图书在版编目(CIP)数据

三国演义 / (明) 罗贯中著；崔钟雷主编.—哈尔
滨：哈尔滨出版社，2010.12
 (中国儿童成长大书)
 ISBN 978-7-5484-0341-8

Ⅰ. ①三… Ⅱ. ①罗…②崔… Ⅲ. ①章回小说—中
国—明代—缩写本 Ⅳ. ①I242.4

中国版本图书馆 CIP 数据核字（2010）第 195640 号

三 国 演 义

中 国 儿 童 成 长 大 书

书　　名：**三国演义**

作　　者：[明]罗贯中 著

主　　编：崔钟雷

副 主 编：苏 林 李佳楠

责任编辑：李英文 杨 磊

责任审校：陈大霞

策　　划：钟 雷

装帧设计：稻草人工作室

出版发行：哈尔滨出版社（Harbin Publishing House）

社　　址：哈尔滨市香坊区泰山路 82-9 号　　邮编：150090

经　　销：全国新华书店

印　　刷：北京彩晬彩色印刷有限公司

网　　址：www.hrbcbs.com　　www.mifengniao.com

E-mail：hrbcbs@yeah.net

编辑版权热线：（0451）87900272 87900273

邮购热线：（0451）87900345 87900299 87900220（传真）　或登录**蜜蜂鸟**网站购买

销售热线：（0451）87900201 87900202 87900203

开　　本：889×1194　1/16　印张：15　字数：200 千字

版　　次：2010 年 12 月第 1 版

印　　次：2010 年 12 月第 1 次印刷

书　　号：ISBN 978-7-5484-0341-8

定　　价：19.80 元

凡购本社图书发现印装错误，请与本社印制部联系调换。　服务热线：（0451）87900278

本社法律顾问：黑龙江佳鹏律师事务所